INK INK INK INK INK INK INK
NK INK INK INK INK INK INK
INK INK INK INK INK INK INK
NK INK INK INK INK INK INK
INK INK INK INK INK INK INK
NK INK INK INK INK INK INK
INK INK INK INK INK INK INK
NK INK INK INK INK INK INK
INK INK INK INK INK INK INK
NK INK INK INK INK INK INK
INK INK INK INK INK INK INK
NK INK INK INK INK INK INK
INK INK INK INK INK INK INK
NK INK INK INK INK INK INK
INK INK INK INK INK INK INK
NK INK INK INK INK INK INK
INK INK INK INK INK INK INK
NK INK INK INK INK INK INK
INK INK INK INK INK INK INK
NK INK INK INK INK INK INK
INK INK INK INK INK INK INK
NK INK INK INK INK INK INK
INK INK INK INK INK INK INK
NK INK INK INK INK INK INK
INK INK INK INK INK INK INK
NK INK INK INK INK INK INK
INK INK INK INK INK INK INK

K INK INK INK INK INK INK IN
INK INK INK INK INK INK INK
K INK INK INK INK INK INK IN
INK INK INK INK INK INK INK
K INK INK INK INK INK INK IN
INK INK INK INK INK INK INK
K INK INK INK INK INK INK IN
INK INK INK INK INK INK INK
K INK INK INK INK INK INK IN
INK INK INK INK INK INK INK
K INK INK INK INK INK INK IN
INK INK INK INK INK INK INK
K INK INK INK INK INK INK IN
INK INK INK INK INK INK INK
K INK INK INK INK INK INK IN
INK INK INK INK INK INK INK
K INK INK INK INK INK INK IN
INK INK INK INK INK INK INK
K INK INK INK INK INK INK IN
INK INK INK INK INK INK INK
K INK INK INK INK INK INK IN
INK INK INK INK INK INK INK
K INK INK INK INK INK INK IN
INK INK INK INK INK INK INK
K INK INK INK INK INK INK IN
INK INK INK INK INK INK INK
K INK INK INK INK INK INK IN

K INK INK INK INK INK INK IN
INK INK INK INK INK INK INK
K INK INK INK INK INK INK IN
INK INK INK INK INK INK INK
K INK INK INK INK INK INK IN
INK INK INK INK INK INK INK
K INK INK INK INK INK INK IN
INK INK INK INK INK INK INK
K INK INK INK INK INK INK IN
INK INK INK INK INK INK INK
K INK INK INK INK INK INK IN
INK INK INK INK INK INK INK
K INK INK INK INK INK INK IN
INK INK INK INK INK INK INK
K INK INK INK INK INK INK IN
INK INK INK INK INK INK INK
K INK INK INK INK INK INK IN
INK INK INK INK INK INK INK
K INK INK INK INK INK INK IN
INK INK INK INK INK INK INK
K INK INK INK INK INK INK IN
INK INK INK INK INK INK INK
K INK INK INK INK INK INK IN
INK INK INK INK INK INK INK
K INK INK INK INK INK INK IN
INK INK INK INK INK INK INK
K INK INK INK INK INK INK IN

INK

文學叢書

020

紐約眼

劉大任◎著

目次

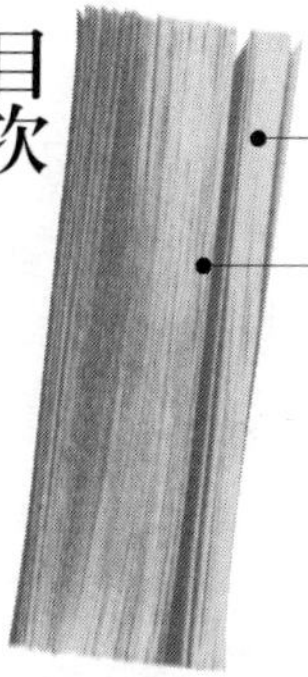

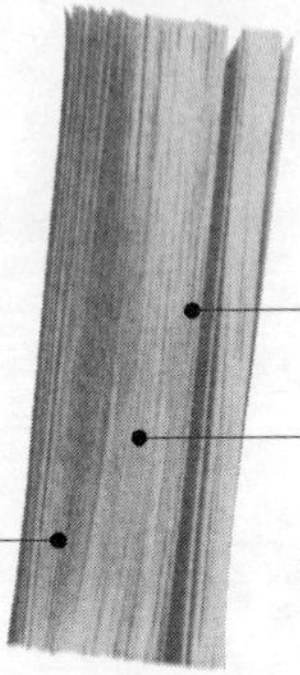

第三輯　園事之餘

第四輯　身外事

第五輯　身邊事

自序

劉大任

從二〇〇一年五月開始，直到今天未斷，每星期爲台北《壹週刊》寫專欄，已將近七十個禮拜了。這本書，是這批文字的第一次結集，決定就用專欄名爲書名，但應向讀者交代一下。

首先要說，爲什麼用「紐約眼」這三個彷彿語意不明的字。

想專欄名稱的時候，曾想到過「紐約客隨筆」一類的招牌。然而，「紐約客」固然頗能傳出自己的處境與位置，究竟有點熟爛。張北海、董鼎山早在十幾二十年前就用過，我自己也在大陸出版的一本隨筆集裡用過，「紐約客」已經喚不起任何新意。何況，白先勇三十多年前就寫過這麼一個短篇小說集，那種漂流無奈的心情，到今天，已經有陳腔濫調之嫌了。

然而，「紐約」這兩個字，及其所代表的一切，我又不想放棄，遂朝畫龍點睛的方向想。中文裡用「眼」來配搭造意的例子不多，但我想到「颱風眼」，這個萬里沸騰、中心獨靜的心理畫面好像不錯。

英文裡用「眼」的地方不少，像我們寫過小說的人都知道，「小說眼」不僅決定敘述方式，小說本身的「眼」，實在是牽一髮動全身的關鍵機括，是突破平庸、創造神奇的重要手段。英文裡有時把「私家偵探」寫成Private Eye，這個Eye自然是從Investigator的第一個字母轉化過來的，卻也道出了「冷眼觀察」的意味。

當然，下圍棋的人都知道，做「眼」是求活的基本技巧。

所以，「紐約眼」就這麼出來了。

在此扯上這些，是因爲寫作時雖不可能經常耳提面命，但多少是順著這些意念所規範的方向走的，這些類似哲學信條的東西，彷彿指向遠方高處的某個所在，或者就叫做「境界」吧。

寫專欄，應該算是老手了。二十多年前，從文革後的噩夢裡醒來，幾個朋友相約做一點事，遂在北美一家華文報紙上共同經營一個「沙上」專欄。消息不知怎麼傳到了香港，當時主編《七十年代》雜誌的李怡給我寫信，要求我們把專欄搬過去，這就是「自由神下」專欄的濫觴。這個專欄一寫十幾年，每月一篇，主要參與者還有彭文逸（水秉和）、殷惠敏（楊誠）、張北海（張文藝）和余剛（虞光），我則以金延湘爲筆名。五個人各有專業，彭文逸是密西根州大的政治學博士候選人，殷惠敏研究的是東亞政治發展與變遷，余剛爲芝加哥大學天文物理博士候選人，張北海讀的是比較文學，我是標準的Jack of all trades, master of none。但五個人配起來效果不錯。在文革後改革開放初步實施那一段柳暗花未明的陣痛歲月裡，「自由神下」頗受注意，在海外引起不少討論。

《七十年代》雜誌改名《九十年代》後，我又單獨開過一個專欄，叫「地球村」，這名字當時還頗新穎，因爲全球化這個概念還沒有形成，現在也熟爛了。

這些都是一個月一次的專欄，壓力雖然常在，卻不能算沉重。一個月的生活積累是必然有些話可以説的，何況那又是個歷史轉折的時代。

每週一次的專欄就不免要搜索枯腸了。《中國時報》人間副刊創辦「三少四壯集」，我是第一個應邀報到的，一年寫了五十二篇，後來收集在皇冠出版社出的我的作品集裡，題名《無夢時代》。

台北《壹週刊》創刊前夕，董成瑜給我打越洋電話邀稿，恰好剛從朝九晚五生活中退下來，正爲手邊的資料整理、專題研究工作搞得焦頭爛額，遂爽快答應了。這一答應就是七十個禮拜無休止的煎熬，所幸到現在爲止還沒有出現枯竭感，這裡面有個原因。

寫專欄，尤其是短期的專欄，根據我的體會，有點像大都會裡專營特別風味時裝的Boutique，關鍵是「特別」。Boutique而沒有特別風味，遲早是要關門的。

問題是，什麼叫做「特別」？

何凡先生應該是台灣首屈一指的專欄作者，一輩子寫了六百萬言。我從讀中學時就天天讀他的「玻璃墊上」。這個專欄的成功，就在於老少咸宜，扣緊了小市民的心聲。何凡最推崇的專欄作家他譯爲包華德(Art Buchwald)，專欄特色在於內幕政治報導，雜以幽默。這種專欄不是一般人能寫的，要有四通八達的內幕管道，要有大批助理搞調查做研究。

在美國，專欄寫作往往就是一個不大不小的企業，寫作者被尊爲辛迪加專欄作家(syndicated columnist)。這種事業有許多外部條件，其中最重要的一條就是市場。大專欄往往同時在幾百家大大小小的報紙、刊物、電台出現，得以抽取巨額版稅，從而雇用專業人員協助，挖掘題材，深入追蹤。一個專欄就是一間公司，所謂辛迪加(syndicate)，意即企業聯合組織。

這種辛迪加，在我「勞動」了二十年的台灣和香港，不可能出現。大陸中國是唯一有潛力的華文市場，然而，那地方要等意識形態鬆綁，還有得等。

因此，我寫專欄只有一條路好走——寫自己。所謂「寫自己」，當然不必看得太死板，要之，自己生活的內層與外圈都可以「入藥」，但其中必須有個求活的眼，我所以把它叫做「紐約眼」，或許就是因爲「紐約」這兩字所代表的意味複雜多端，又有歷史的糾纏，又有未來的景觀，感性與理性矛盾而統一，個人與世界交錯而並存。這個集子裡的篇章多少呈現了這麼一點風味，當然，不過是我個人開的小小Boutique吧了。也就是沿著這個線索，把內容分爲五輯，方便讀者入店瀏覽時找到自己喜歡的貨品。

專欄文章而能結集成書，首先要感謝初安民兄賞臉。此外，不能忘記，要沒有《壹週刊》黎智英先生的邀請，董成瑜女士的大力催促，這批文字是不可能產生的。

二〇〇二年九月三日
於紐約無果園

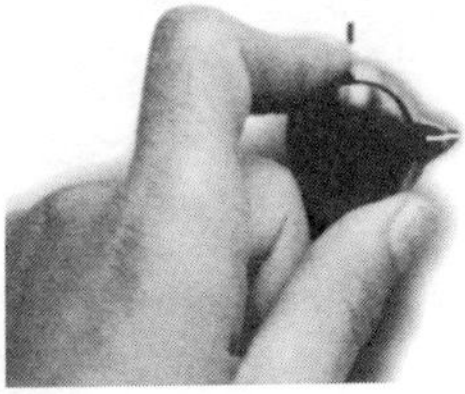

第一輯

從柏克萊到紐約

蒼白女子

薄暮時分，一名蒼白女子沿牆疾走。

這是我最初也是最後的張愛玲印象。

這個印象，對海內外眾多張迷而言，不僅無法理解，而且不能接受，我知道。但那是一九六八、六九年之交，又一個張愛玲一度恐懼過的「大難將至」的時代。你如果未曾經歷過，你一定無從設想。人活著的時代，人活過的時代，其中恆有斷層。你與我，以及我與張愛玲之間，有跨越不了的鴻溝，我的表述，只能當故事讀。

我的張愛玲印象是時代直觀與親眼目睹的混合產物，裡面有她的外在形象，也有我的內在活動。

我那時在加州（柏克萊）大學讀博士學位，主修比較政治，專攻現代中國革命史。留下永恆印象的那天，我記得特別清楚，正在思考如何將社會學家 Edward Shils 有關落後國家知識菁英理念異化的學說，適用於近代中國知識分子的救國意識。黃昏前後，我從研究室下樓來到街面，只見一名全身素白的女子沿牆疾走，擦身而過。等到我發動引擎準備上路，才忽然想到那就是我的新同事張愛玲。

爲了幫助我完成學業，陳世驤教授給我在加大現代中國研究所謀了一個差事，號稱「助理專家」，其實就是工讀生。我的固定工作包括教洋學生中文。洋學生的程度參差不齊，但都是博士或後博士研究生，程度低的只能教劉少奇的《論共產黨員的修養》之類，高的也可以高到明清史料，甚至於地方誌、墓誌銘。

張愛玲的辦公室在我隔壁，若不是他的前任莊信正透露，我根本不知道有幸得此芳鄰。然而，張愛玲的作息習慣與常人迥異，太陽不下山她不上班，什麼時候下班當然更無人知。總之，她的安排彷彿就是爲了不與任何人接觸，幸好她的工作也不需要與人接觸，因此，雖日同事，到任一段時日，我從沒見過她。

現代中國研究所初期設於校園外的 Shattuck Ave，即今天的地鐵站附近。但那時還沒建地鐵，整個金山灣區也沒現在這麼熱鬧，不到天黑，車馬行人已十分寥落，蒼涼氛圍中的驚鴻一瞥，不免讓我震動。

我那時雖非張迷，也讀了幾本她的書，而且，來往知交中，不乏張迷。水晶應該排名第一，但他到柏克萊，或許在張離開之後，因此，同他的討論，沒有現場效應。唐文標則比較複雜，他的最愛張愛玲與希區考克，皆非我所喜，尤其是唐到保釣後赴台前那段時期，思想見地不免受時代風潮所染，對張愛玲的態度只能以愛恨交加形容。楊牧那時改名不久，我們仍習慣叫他葉珊，意見稍有距離，談論時每以「那婆娘」代稱。最激烈者莫過於郭松棻，他的名句是「姨太太文學」。交班不久的莊信正則是張迷中的關雲長，張愛玲晚年只信任兩、三個人，莊居其一，移交前後無微不至或爲這層關係的淵源。

所有這裡提到的人，那時都在陳世驤先生的羽翼下，我們有時「自詡」陳公門下行走。

這一切因緣都構成我初見張愛玲時，不免震動的背景，當然還有其他……。

六十年代末的柏克萊，是左派視爲聖地而右派深惡痛絕的反越戰爭民權的中心與靈藥文化的首都，校園裡，各類議題的政治鬥爭與思想交鋒熱火朝天，周遭的街道社區，則有世界各地前來朝聖的花神兒女，製造了一種空前絕後的波西米亞次文化。台灣貧血資訊與封閉教育系統下長大的我們一代文藝青年，乍見這種場面，能不心搖神蕩、目瞪口呆？張愛玲出現時，我和我的那批朋友，大抵都處於那種不知天高地厚的心理狀態。

張愛玲可是見過世面的人，她怎麼看我們？當時的我自然無從得知，只是現在回想，偶有在辦公室或社交場合見到的時候，總感覺她的眼光，好像遙對我頭部上方至少一呎的某個空間。如今，我也到了她當年的年紀，每次見到E世代的風流人物時，往往想到她唯恐避之不及的眼光。

張愛玲在加大的工作叫做「當代中國辭匯研究」。這種工作爲何必要，二十一世紀的中國人可能莫名其妙。必須說明，美國重歐輕亞，向爲傳統，日本研究的認眞起步，恐怕是珍珠港事件以後的事。《菊花與劍》這本經典作品，便是軍方支持下的第一本人類學研究。不同於漢學的中國研究起步更晚，如果不是韓戰中「意外」死了幾萬人，美國學院裡肯定沒這些預算，加大現代中國研究所也無從設立。陳世驤即使愛張愛玲之才，對她的小說高度評價，也無機緣給她支援。這個邏輯固然有點簡單化，但說張愛玲後半生有幾年的生活來源爲中共人海戰術間接所賜，也未嘗不能成立。爲避共禍一路流亡到北美洲的《秧歌》作者，大概不會接受這個推理，然而，內心深處，會不會有些矛盾呢？別的我不知道，但她的工作熱情不很高，是可以見證的。張愛玲的研究主要是遍讀中共的報章雜誌，從中挑選「新語句」、「新詞組」，每年蒐集一批，通過自己的學養，考古論今，寫一本三、五十頁的小冊子。舉例說，毛澤東用「東風壓倒西風」爲中國人的反帝運動打氣，這句話源於《紅樓夢》

中林黛玉的某種愁情。曹雪芹爲什麼這麼用？毛澤東爲什麼那麼用？張愛玲的工作便是幫研究中國的洋人掌握其中的曲折變化和信息。

雖然一年只需寫一本小冊子，據我所知，能力絕對不是問題，這是可以肯定的。我猜，她對這件差事的性質，一定厭惡到了極點。

陳世驤老師一九七一年春天心臟病突發去世，追悼會後，唐文標有句名言：「樹倒猢猻散」。不幸應驗了。

我於一九七二年失業後另謀出路，倉皇離開了柏克萊。張愛玲什麼時候走的，什麼樣的情況下走的，我都不甚了了。對我而言，「大難將至」想不到竟出於陳公的英年早逝。對張愛玲，我想，失去陳公庇蔭的花果飄零，也許只是上海時代「大難將至」後的又一個小轉折而已。

柏克萊時代以後，快三十年了，自己的行蹤也逐日蒼白，心中的蒼白女子印象，竟因此而有了點不朽的意味了。

夕燒燈色

那是我記憶中最難忘的街燈。

也許，「街燈」這兩個字，用得不很準確，它引起的聯想，有點迷濛，有點傷感，有時，甚至帶些驚慄的意味，像好萊塢，像希區考克，像四十年代上海的社會寫實電影。我的街燈不是這樣的，它出現在六十年代末期的加州，沒有煤氣燈的那種鬼氣森然，也不是風雨飄搖、光影黯淡的鎢絲燈泡，沿著金山灣區的海灣大橋，從引橋開始，高懸在海水上空，連綿數哩，蜿蜒起伏，在暮色蒼茫中，幽幽發光，那色澤，彷彿灰火餘燼中燃燒到垂死邊緣的薪炭。

那段時期，我在加州大學讀研究所，考完資格試，正在準備論文大綱，每天鑽在「故紙堆」裡。所謂「故紙堆」，既非線裝書，與訓詁考據也毫不相干，甚至連紙都不必接觸，只不過對著一面比今天的電腦屏幕還要大上好幾號的幻燈屏幕，一張張一日日追查上海三、四十年代的申報和香港的華商報。我的目標很簡單，凡那一段時期有關民主同盟及其有關人物或團體的消息、報導、評論和文字，希望一字不漏讀完、抄錄、消化，並配合其他相關的中西理論，以期重建三、四十年代中國民主政團大同盟（簡稱民盟）的歷史圖像。而且，說穿了，我其實在追蹤近代中國知識分子從政或干政的悲劇經驗，那是我的博士論文主題。

我住在一間學生公寓裡。學生公寓的黃昏時分，最難將息。你如果有類似經驗，便知道我說的是什麼。你如果沒這種獨留異國、前途莫名、面對暗夜在窗外步步逼近的經驗，我便是用盡了形容詞，你也無法理會。所以我說個夕燒燈色的故事給你聽。

夕燒是日本詞彙，看字面便知其義。

就在那段時期，也是這樣一個黃昏，我把自己從故紙堆裡拉出來，爲遠在台北的好朋友陳映眞、尉天驄等人編印的《文學季刊》寫了一篇小說，題目叫做〈盆景〉。小說牽涉到兩代人。外省第一代的華教授有一個夢，他想通過雜交育種技術，把大陸家鄉的優種柑橘品種與台灣的柑橘結合，創造更高品質的後代。然而，他的女兒與一位優秀的本省青年戀愛，卻造成了家庭風波。記得小說的結尾是這樣的：不同省籍的年輕一代，自己作主在陽明山的大學招待所裡完成了自己選擇的「婚禮」，然後說：「將來，所有的時間都是我們的……」

三十年後重讀，再看看今天的台灣，當然不免汗顏，然而，在當時，是不免有幾分得意的。所以，當陳世驤老師說「拿給我看看」的時候，便毫不猶豫地呈上去了。

大約一個星期以後，我騎單車到陳老師的研究室去見他。老實說，心裡是期待著的，即便不是獎勵，至少也該鼓勵的吧。老師跟我們談話，一向習慣拐彎抹角，常說「你再想想，換個角度想想……」之類的。那天，卻鐵青著臉，不是咬著菸斗，是不停地抽著火星直冒的菸斗。劈口便說：「太粗糙了，年輕一代寫得粗糙，年長的一代也粗糙……象徵不能這麼用的……太粗暴了……。」

小說裡面，華教授從大陸帶來的家鄉品種，完成了任務，那棵元老，便給人從地上挖出來，裝上盆，載在腳踏車後座送了回家。

「所以……你的意思是說……我們都該成盆景了？」

我確實是那樣寫的，也確實是那樣想的。我突然覺悟，老師的棒喝，不是因爲他自覺受到羞辱，而是因爲他看見他學生的內心裡，有一股按捺不下的殺氣。

這是我平生最後悔未能及時收回銷毀的作品，因爲原稿已在台北付梓了，連修改的機會都沒有。可是，或許就因爲是那樣的時代，小說刊出後，台北的同人們聚會，給我寫了封聯名信，人人叫好，簽名的除映眞、天驄外，還有施叔青、王禎和、黃春明、牟敦芾……。

又過了一個星期，又是一個這樣的黃昏，意外收到老師的電話。

「大任，我帶你去看燈。這個時分最好，像掛在萬里長城上，高高低低的，夕陽的顏色把那排燈全染成了紅色……。」

我們從大學之道（University Avenue）往西開到休閒碼頭附近，往南接上一〇一號公路。公路沿著金山灣岸，沙灘上，嬉皮藝術家利用海浪沖刷漂浮的各種破爛，創造了形形色色的即興雕塑。

「裡面沒什麼好東西。」老師眼角餘光瀏覽著那批一漲潮便可能消失的藝術品，一面開車，「但整體是好的，他們的心，挺柔軟的……」

我也許沒太聽進去，因爲，我很快便發現，老師所說的夕陽染紅的燈，其實是水銀燈。水銀燈有個特點，初燃時因爲溫度低，顏色自然呈紅，所以需要一點時間，才有白亮照明的效果。因此，所謂夕燒燈色，大抵是老師的附會了。

奇怪的是，一向做事說話直不楞登的我，不知什麼原因，卻沒有戳破。

這種非科學非唯物的作爲，在我那個年紀，是頗稀罕的。不過，到今天，我似乎竟因此養成了一個習慣，特別是面對那種看來淺顯無比的推理，在科學與非科學，唯物與非唯物之間，我不太願意很快作出斬釘截鐵的判斷。人生世事的複雜層面，自然更如此了。

那個黃昏，那個夜晚，卻是美好的。我們過了海灣大橋，穿過夜色，選了一家道地廣東風味的小餐廳。老闆親自下廚，他的拿手蒸魚，眞是恰到好處。

那一年，我二十八、九，老師五十八、九，我們共處的那個夜晚，彷彿彼此都沒有了年齡。

還記得老師揮別轉身開車離去的剎那，我心裡不由自主地反覆著一句話：「這老頭子，原來跟我一樣寂寞的。」

日出劇社

戈武過世，不覺已二十年了。一個左派，英年早逝，理想還來不及幻滅，未嘗不可以說有福，但他又是個實實在在的藝術家，正當枝繁葉茂，尚未開花結果，猝然撒手，又豈是「命運」兩字可以了得。何況，做爲左派，原不應相信命運的。

看過電影《半邊人》的，或者不一定知道，這部電影，拍的就是戈武。

結識戈武，在六十年代中期，那時候，他全家移民美國，母親在柏克萊開了一間小型中餐館，他在那裡打工，同時在加州大學上戲劇課。戈武與我弟大俊爲北師附小同班，所以，我們相識，與政治、哲學，沒有任何瓜葛，也與戲劇、文學無關。然而，我們之間的眞正交往，卻是混合了政治、哲學、戲劇與文學的一次熱烈大串演。

這便得好好談一下日出劇社。

跟那個時代一切突發未竟的事業（Happening?）一樣，日出劇社從一開始便帶有現代劇場即興、荒謬的色彩，雖然演出傳統劇目，但顚覆意識，貫穿首尾。不過，必須承認，那種顚覆，針對的不是戲劇本身。六十年代，造反是綱，清洗既成體制的約定俗成是目。六十年代，不曾親身下水體認「綱舉目張」的人，不能算是活過。戈武活過，他的活，主要通過日出劇社。

一九七一年二、三月間，北美洲中國留學生的保釣運動暫時進入低潮。第一次示威結束了，請願、奔走、抗議、聲討，所有這一類旗幟鮮明的直接行動，對於根深柢固的既成體制，不能撼動分毫。雖然參與其事的人正在醞釀更大規模的示威，一部分人已經開始往深處走，向遠處看。政治活動的局限性，開拓了文化上的反省。就是在這種氛圍下，柏克萊的幾個人，談著談著，想起了三、四十年代抗戰前後蓬勃的話劇運動，初步結論，在「五四」五十二週年那天，推出一齣舞台劇。這就是日出劇社的原始胎動。

劇本選的是曹禺的《日出》。這個劇本以我們當時的心情衡量，頗有爭議，郭松棻便曾在演出後的評論〈我看日出〉中說了幾句狠話，有它的代表性：

「曹禺在《日出》裡一再提示：『但是太陽（新世界）不是我們的，因爲我們要睡了。』

這說明曹禺本身自甘失敗、猶豫躊躇的心態。事實上，那是一種時代流行病思想，自殺哲學。黃省三自殺，小東西自殺，陳白露自殺，想來李石清夫妻、潘經理大概也命該如此。自殺或是一種『抗議』——抗議這個使人變鬼的制度。但那是三十年代的文化時裝。今天，我們不只要勇於破壞，更應該敢於建設一個新世界。」

執行改編劇本的是傅運籌和我。我當時的心態比較接近松棻，但運籌為人溫柔敦厚，他對原著的藝術成就維持了應有的尊重，我們的顛覆手段因此只能將曹禺筆下的三十年代舊社會轉移到六十年代的台北。因此，花月樓改成了江山樓，方達生變成了「歸國學人」，流氓黑三穿的T恤上面寫上了「黑松汽水」。也就是說，我們把曹禺鞭撻的三十年代燈紅酒綠笙歌靡爛社會與勾心鬥角弱肉強食世態的用心，改成了對台北既成體制對內強橫霸道對外顢頇無能的批判。

《日出》的導演團由三個人組成，戈武、傅運籌和李渝，工作由李渝執行，戈武和運籌擔任主要角色演出，運籌還是舞台布景設計人。第一次嘗試在美國這樣一個環境裡上演大型舞台劇，對我們這些不自量力的學生而言，焦頭爛額，在所難免，然而，真正的困難還不是經驗與知識。演出前不到兩個禮拜，舊金山灣區的國民黨發揮影響力，我不知道他們做了什麼手腳，總之，好不容易動員邀來的幾位擔任演員工作的同學，突然退出，一夕之間，劇團面臨瓦解。海報已經貼出，宣傳都做了，場地也租好了，布景、道具大都齊備，如果宣布輟演，一切都變成笑話。

次要演員還無所謂，台詞不多，換人上陣還不算太難。彩鳳一角，終於把好友劉虛心死拖活拉出來應付。最要命的是顧八奶奶。那是三十年代大都會交際場合的風流人物，我們這批窮學生，到哪裡去尋這樣的典型？最後，走投無路之下，只得硬著頭皮把自己的老婆推上去。到現在還記得，我那個苦讀電腦毫無社會經驗的身邊人，在後台等待生平第一次上台時渾身上下顫抖不已的模樣。我記得我捏著她的手給她打氣，她上台時，我的手已被她的汗水沾濕。

然而，演出意外成功，特別是女主角黃靜明，頗得好評。不但轟動了金山灣區的華人圈，洛杉磯也風聞此事，特別邀請全團南下演出。

張北海那時住在洛杉磯，後來爲保釣寫了一個舞台劇《海外夢覺》。他的創作動機，不能說與《日出》的洛杉磯演出無關。因爲，南下演出，他就是其中穿針引線的人。舞台上不少道具都是他家裡搬來的。

日出劇社後來還演出過《雷雨》，但我已離開柏克萊遷居紐約。不少參與日出劇社的朋友，人生道路產生了大轉折。王正方是《雷雨》一劇的主要推動者，本來是電機系教授，下半生全力投入影劇事業。

扮演方達生的趙家齊，原來是柏克萊加大生物物理博士候選人，以後多年介入左派政治運動，奔走呼號，不能自己。

影響最大的還是戈武。

移民美國的他的家人，原意是爲他尋找一個與中國污垢政治無關的新天地。他後來跑去香港，投入左翼電影圈。他怎麼也不可能預知，七、八十年代的香港左翼電影圈，與他嚮往的三、四十年代左翼影劇圈，有天差地別的距離。那是文革後改革開放前的一個極爲尷尬的悶局，濃眉大眼、直率爽朗的戈武，陷在這樣一個扭揑不定的世界裡，徬徨苦悶，可以想像。也正是因爲這種處境，我推想，當他聽說終於有機會導一部戲的時候，毅然決然不顧危險做了一個錯誤的決定。

戈武身材壯碩，但行動遲緩。青年時代在台灣當兵，被庸醫用錯藥，壞了一條腿。八十年代初，在香港，爲了治好這條腿，以便擔當導演的重任，冒險開刀，竟因醫院輸血錯誤送了命。

除了日出劇社那一段短暫時日的激情，戈武一生的唯一幸福，也許就是他死得其時，沒來得及看到六四天安門事件的丑劇。

救報

在狂飆的年代，交朋友彷彿談戀愛，親密時濃得化不開，疏遠後形同陌路。然而，二、三十年過去，再回首，又有一股說不出的滋味，就好像素心蘭，貼近毫無所覺，站遠點兒反聞清香。

我跟黃三、林橋夫婦不能算熟朋友，卻有差不多半年時間，我們天天見面，夜夜相聚，說是爲了工作，但似乎還有些別的什麼。

那是我們的第一次合作，也是最後一次，這麼說，並不意味我們之間發生過任何反目成仇的事件，只是事態發展變化，形勢造成的結果。

大概是一九七一年的冬天，有一天，黃三來電話，要求同柏克萊保釣小組見面，說有要事相商。

我從未見過黃三其人，只聽說他出身國民黨政學系家庭，很有點造反精神，在台灣跟李敖混過，那時在舊金山華埠搞進步新聞事業，在愛國商人翁紹裘創辦的《華聲報》擔任總編輯。《華聲報》我們早就知道，因爲保釣運動爆發後，海外右派控制的媒體，多不報導，即報導也立意從反面宣傳，只有《華聲報》，從一開始便採取同情、聲援、支持的態度，我們所發的消息，到了右派手中，必定石沉大海，只有《華聲報》原文照登。

我們開了一個小小圓桌會議。黃三的所謂「要事」很簡單，《華聲報》面臨財政危機，希望柏克萊的「階級兄弟」派人支援。

這個要求，看似簡單，對那時的我們而言，卻是個不大不小的難題。

首先該考慮的是形象問題。

《華聲報》是公開打紅旗的報刊，在百分之九十以上的海外傳媒都掛青天白日旗的氛圍下，這個立場顯得格外突兀，雖然也有少數傳媒號稱中立，那種「中立」也是有條件的，因爲「中立」有時更可以做爲爭取「資源」的有效手段。

保釣是台港留學生自發自覺的運動，如果公開支援打紅旗的報紙，豈不是坐實國民黨戴紅帽子的卑劣伎倆。

其次，人力分配也是個顧慮，雖然大規模的示威遊行、國是討論會一類活動已經基本結束，許多意義比較長遠的文化活動仍在進行，演話劇、放映電影、還有每週一次的「中國青年之聲」廣播電台，每月一次的《柏克萊快訊》，都需要時間精力，我自己同徐信孚、周尙慈三人又捲入加大「第三世界罷課」後誕生的「族裔研究方案」（Ethnic Studies Programme），共同負責在柏克萊校園開了一門課「現代中國革命史」，每個積極分子早就已經忙得焦頭爛額。

這裡必須加一個注腳。

前兩年因爲上海新辦的雜誌《萬象》拉稿，有緣結識同爲該刊撰稿的沈雙，沈雙現在新澤西州州立大學教書，她對「流落」海外的文化人特別有興趣，目前正在做這方面的專題研究。有一次談到「第三世界罷課」，她相當興奮，原來她的正式工作完全是這個傳統的發揚光大。「族裔研究」現已遍布全美大專院校，成爲當代顯學之一「多元文化主義」（multi-culturalism）的一個重要構成部分。其實，現在回想，「第三世界罷課」應該是六十年代新左翼運動的必然發展。美國學院裡教授的歷史，一向採取盎格魯撒克遜白人的觀點，希臘、羅馬和文藝復興工業革命以來的西歐，成爲人類文明唯我獨尊的傳統，這種歷史詮釋與哲學態度，對號稱民族大融爐的美國，不啻是個諷刺。對美國原住民、黑人、奇卡諾人（拉美語裔）和亞洲人（泛指東亞、東南亞、南亞語裔的各族人）而言，簡直等於侮辱。柏克萊加大的「第三世界罷課」發生在保釣運動前夕，我們多少都曾參與，而且受到很大影響。罷課的要求主要集中在逼迫學校行政當局重新設計規畫有關歷史和文化的教學，罷課獲得大批覺醒白人學生的參與，造成整個大學癱瘓，行政當局不得不屈服，終於答應撥款，這是美國少數族裔爲這一議題聯合罷課的第一次，也是「族裔研究」的開山祖。

加大主持現代中國政治講座的就是我的博士論文指導教授 Chalmers Johnson，我開的課故意選在他授課的同一時間，觀點與詮釋則針鋒相對，所以，不到兩個月便接到研究金取消的通知，應該不算奇怪。

再回頭談我的救報經驗。

保釣小組討論後決定，如果我堅持要去《華聲報》，只能以個人身分參與。應該說明，我的決定與意識形態、理想什麼的完全無關，也不涉及拔刀相助的正義感，更非爲錢，因爲他們根本沒錢。我只是一向喜歡辦刊物辦報，中學時代便有這種傾向，一有機會不可能放手。這種習性甚至嚴重影響到我的做事爲人，沒有仔細考慮，也沒做好交代，便把教學工作推給了徐信孚和周尚慈，自己則每天晚飯後到清晨兩、三點，開車過海灣大橋到金山華埠去上班。

一個月以後，抽空回到課堂上，發現學生走了百分之八十，下課後周尚慈面色鐵青，一言不發，照我下巴猛打了一拳。這一拳沒有打醒我，眞正醒過來還得等好幾年，不過很奇怪，我也沒有還手，捫心自問，一絲一毫還手的欲望都沒有，反而很同情他，因爲我立刻明白那一拳是挫折沮喪的反彈。周尚慈原在香港當工人，大學未畢業便投入華埠做工運。徐信孚原爲物理系高材生，保釣後轉讀法律，目前在舊金山執律師業，兩位都是我的革命同志。但他們的素養的確不可能勝任中國現代革命史的教學工作。我把他們扔進一個他們不可能應付的局面，自己跑去過辦報的乾癮，爲此不能不感覺愧疚，然而，挨打事件終於讓我明白，我實在並非搞革命的材料，本質上，我不是一個能夠遵守嚴格紀律、服從集體意志的組織人。

辦報其實也是相當辛苦的，尤其是辦七十年代美國華埠外強中乾的所謂進步報紙。外強中乾者，外表看來大義凜然、頭頭是道，骨子裡，報社從社長、總編到排字、印刷工人，經常發不出薪水。除了財政危機，報社從上到下天天進行階級鬥爭。不，應該說從下到上。報社設於一幢破舊的三層樓建築物裡面，最底層是印刷廠，第二層是排字房，高高在「上」的是經理部和編輯部。印刷廠的工人，無論黑白棕黃，都是紅彤彤的階級兄弟。他們倒不爭錢，每天讀《毛選》開小組會每天鬥，批鬥的方向經常朝上，編輯部的作業尤其是他們鬥倒鬥臭的目標。

我的志願軍工作也不簡單，譯電稿、寫社論、改稿、排版、校對，樣樣都得來，為了搶出報時間，自動「下放」到二樓去排字，也是常有的事。這些工作其實對我來說都能樂在其中，尤其與黃三、林橋相處融洽，有時幾乎產生命運相共的感覺。

三十年後回想，最快樂的是放工後那一段山坡上的散步，和林橋搜索枯腸利用剩菜剩飯創造出來的一頓消夜。華埠尺土寸金，停車費付不起，所以每天開到黃三所租的小公寓附近找免費停車位，下班後自然跟他們同行。舊金山本是高低起伏的丘陵半島，地無三尺平，清晨三、四點，街衢寂靜無聲，拖著心力交疲的身體爬坡回家，可以聽見自己的喘息聲，但那是不知疲勞倦怠為何物的二、三十歲的喘息，跟游泳運動員的換氣沒有兩樣。尤其在黃三小公寓飯廳兼廚房裡的小圓桌旁坐下時，他總有辦法從不知什麼地方摸出來喝不完的半瓶威士忌或高粱，不到二十分鐘，林橋便把小半鍋乾飯加水煮成了又稠又香的稀飯，甚至端出來一盆接近入口便溶的梅乾菜紅燒肉。

多年後，革命煙雲散盡，聽說他們夫婦在德州開了一家正宗湖南餐館，生意興隆，特別是拿手罈子肉，近悅遠來。

又過了多年，傳聞黃三得道，治病救人之外，還有不少門人信眾。林橋呢，我相信依然伴隨左右，像一尊永遠微笑的玉觀音。

真假電台

一九七二年一、二月間，記不清楚是那一天了，總之，忽然接到一個多年不見的老同學的電話。那一段日子，接到他這個電話，老實說，是頗爲意外的。因爲我參與保釣運動，被《中央日報》點了名，並估計自己早已成爲警備總部的追查對象，台灣的至親好友，即便想跟我聯繫，都難免有幾分顧忌。然而，電話中，老同學（就稱他C.Y.吧）卻表現得十分熱情，不但毫無忌諱，而且說他剛應美國國務院的邀請來美訪問，現在就住在舊金山機場附近的一間旅館，要我立刻去找他，他有話要跟我長談云云。

我必須坦白交代，當時的感覺，主要是溫暖，但也有些疑慮。

那個年頭，身家性命、事業前途都在國民黨威權體制控制下的人，一出國門，便與戴了紅帽子的人來往，是需要勇氣的，我深深了解這個。但同時，我風聞，C.Y.在大學時代，曾經擔任過國民黨大學知識青年黨分部的黨委，此番來意究竟爲何，實在有點撲朔迷離。

我分析了有關情況，又與我的幾位親密戰友討論，決定不管來者的意圖，我們只做自己認爲應做的事。

要讓今天的讀者眞正了解這一次 encounter 的意涵，必須介紹一下當時海外台灣留學生社群中一些鮮爲人知的發展。

簡單說，海外台獨運動，自黃文雄暗殺蔣經國事件後，尤其是其左翼，開始認眞探討暴力革命手段。阿爾及利亞、古巴和阿爾巴尼亞是他們研究的幾個主要模式，毛朱領導的以農村包圍城市的歷史經驗，也很受重視。不過因爲台灣地小人稠，都市游擊戰似乎有較大的可行性，因此，學習訓練的重心，較偏重小股軍事行動、爆破、暗殺、祕密組織與通訊以及地下電台與思想宣傳等實用手段。

保釣運動已經經歷了內部大分裂，右派保釣分子轉入革新保台思想，不少人紛紛回台，活動做官。中間派逐漸淡出，回到爭取學位、謀職入籍、結婚成家、汽車洋房的老路。左派則日益孤立，也更形激化。

就在C.Y.電話之前的一兩個月，位於美國中西部伊利諾州以陳治利夫婦爲首的一個保釣小組，經過長期討論與考察，做了一個植根社區並與人民群眾相結合的大決定。五、六個人連根拔，浩浩蕩蕩一部大車開了兩千哩，全部到了我家，在我月租不到一百元的研究生宿舍裡打地鋪。我們一家三口（老二要到兩、三個月以後才分娩）的生活，起了劇烈變化，本來不過是個小小學生運動的中心，現在成了野戰司令部，策畫聯絡、調查討論，沒日沒夜；車水馬龍、埋鍋造飯，自然更不在話下。

C.Y.到我家時，目睹這種景觀，不免大吃一驚。在此之前，一路上（從旅館開車到我家大概一個多小時），他還略微透露，離台前，蔣經國召見，跟他說：見了劉大任，你好好勸勸他。到我家以後，這話便再也不提。

他不提，我意識到，是他的內心正經受某種衝擊。我家的地板上，從客廳、臥室到廚房、浴室，堆滿了大大小小、形形色色的各種電子儀器和設備，他不好意思問，我也不便講。

事過境遷，談起來其實只有喜劇效果。

陳治利一批人來西岸紮根，首先得解決生存問題，雖然都修有理工科的碩士、博士，他們不打算加入既成體制去賺薪水，為資產階級效勞。我給他們介紹認識了趙先國，一個關鍵人物。

趙先國，四川人，原來在台灣軍隊裡擔任電子技術工作，因爲牽入親共政治案件，在白色恐怖年代抓進牢裡關了很多年。他是個靠手吃飯的人，一抓進去，他們把他兩手吊在樑上，拉斷了幾根手指，後來靠自己苦練，恢復了掌握工具的技巧。出牢後，趙先國跟美軍顧問團做過幾年事，後來就靠這層關係，移民美國。介紹趙先國給這幾位滿腹理論卻無謀生技能的碩士博士，是因爲他有一種本事，他精於修理電器。那一兩個月，他們成天跑跳蚤市場，賤價收購各種電器，並選中奧克蘭市的黑人區，開設一家電器修理行。這主要是爲伊利諾小組成員解決生活問題，C.Y.看到的我家景觀，不過是尙未開張的電器行的臨時貨倉，但據後來輾轉傳來的信息，C.Y.當時以爲我們在搞祕密電台。

我跟C.Y.確實有過推心置腹的長談。家裡無法久坐，我帶他到附近的小餐館去，我給他「講解」天下大勢，嚴厲批判了他的「落伍思想」。大概確實是受到震撼，我那番「情眞詞切」的「教導」，不但沒引起他反感，似乎還觸動了他的民族主義情懷。

美國國務院給C.Y.安排了一個參訪節目豐富的行程，地點涉及全國重要城市和學術文化中心，這些地方，正是保釣聯絡網分布的重點，所以在他出發前，我給各地聯絡人打了電話，希望他們做好接待工作。

送C.Y.坐灰狗汽車上路之前，我選了幾本書供他長途旅行消磨時間，其中有一本，記得挺清楚，是香港大公報主筆龔念年撰寫的《美利堅帝國》。一年後我便在雜誌上讀到的C.Y.演講稿中，看到他引用那本書裡的一些觀點。龔念年號稱香港最高的記者，身高六呎六吋，爲人沉默寡言，七十年代中期在一次過港受邀的晚宴上有過一面之緣，我沒提這件事，他也從來就不知道，他套用老左派觀點並塞入階級眼光過濾後的政經資料寫成的那本書，在七十年代中後期台灣知識界一度熱中的民族主義討論中，還確實發生過作用。《七十年代》雜誌早期發表了不少以梅之爲筆名的時事評論，就是他的手筆。

陳治利一家後來果然在舊金山灣區安家落戶，電器行的生意竟然還過得去，在趙先國調教下，碩士博士的手藝突飛猛進，尤其是電視機本來就是窮黑人日常生活的生命線，無論出什麼毛病，經他們調理，多能妙手成春。

再回到「祕密電台」，我們的確搞過，但只是電台，並無祕密，叫「中國青年之聲」。同舊金山灣區的一家公共廣播電台（KPFA）聯絡好，我們租用了一個時段，每個週末幾個小時，自己編製節目，內容有時事報導、新聞分析、祖國通訊（包括大陸和台灣）以及音樂、文藝作品選讀和廣播劇。這個每週兩小時的節目，可能是美國華語廣播的濫觴。這種方式的作業，直到今天仍不乏後人。有次開長途車無聊，隨手亂按，居然傳來標準台灣國語廣播，原來是哥倫比亞大學台灣留學生辦的電台，也是一星期幾個小時，只不過內容、氣氛大不相同，當年那種發自肺腑、雄赳赳氣昂昂的革命腔調，完全沒有了，盡是些軟語呢喃和以服務為宗旨的留美生活須知。

「中國青年之聲」辦了五、六年，積極參與的骨幹人物有傅運籌、趙樂德、劉虛心、安康、潘潔媚、宋宗德、趙家齊和我妹大萊。我自己則參與不多，那段時間，每天到舊金山華埠辦報，其中也不乏荒唐故事，以後有機會再談吧。

紐約處女航

回想起來，我跟紐約的關係，絕對不是一見鍾情。事實上，一九七二年剛到紐約的那一段日子，印象壞透了，壞到幾乎想立刻遠走高飛，搬回加州，從此不再見面。然而，到今天，屈指一算，三十年了。三十年於斯，終於有了一種體會。跟紐約的結緣，最好保持在君子之交與老夫老妻之間，相見不必恨晚，若即若離最好。

早在六十年代初，就曾在火奴魯魯的夏威夷大學校園裡，聽成中英談過紐約。那時候，他剛拿到哈佛哲學博士學位，到夏大來教書。成中英酒量不大，不到兩杯便開始失去他那種哲學家的酷，可是，我覺得更酷，他手舞足蹈，神采飛揚：

「每次從新英格蘭開車下來，從九十五號公路上喬治華盛頓大橋，右前方出現曼哈頓摩天大樓一片燈海，簡直興奮莫名，情不自禁……」

大意若此。

我當時的聽後感彷彿是：多麼美好的性衝動！

唐文標的紐約戀，也有點類似。

一九七〇年夏，三個人（還有郭松棻）開車全美大串連，一路上，文標的廣東國語把人的頭都吵破了。

「我要帶你們去吃最正宗的台山菜，我要帶你們去格林威治村，最好的咖啡館，最好的即席演奏，我要……」

到了紐約，他全忘了。

碰上幾個毛派半毛派，席地一坐，談大好革命形勢，直談到東方紅太陽出，倒頭一睡又到了天黑，再繼續談，哪兒也沒去。

沒到紐約之前，我的紐約印象，大抵是這等形狀的。

眞正腳踏實地的紐約處女航，回想起來，還有點恐怖。

一九七二年九月初，我租了一部旅行車（station wagon），載上一家四口和我妹大萊共五個人一路往南，到洛杉磯聖塔蒙尼卡張北海家，六人合組了一個橫跨美洲大陸的旅行團，前往紐約聯合國總部報到。

這個跨洲壯舉不是直線進行的，因此全程五晝夜三千英里走了十晝夜五千英里。我們先往西過沙漠到賭城拉斯維加斯，上高山過胡佛水壩，再奔大峽谷。大峽谷之後開始向北，遊錫安國家公園，再向東北到黃石公園。一路上，我跟北海兄輪流駕駛，車廂內第三排座位放倒後形成一個大通鋪，妻、妹和兩個兒子（一個三歲，一個半歲）全躺那裡臥遊天下。

遊歷名山大川，再一路探親訪友，等接近紐約時，早已人困馬乏，意興闌珊，只想快點找個地方安頓下來。

那是一九七二年九月十八日的清晨，當時輪到北海兄開車，我坐一旁看地圖找路。我們從八十號公路開車，到底便接上了華盛頓大橋。上橋時，天已大亮，恰好趕上上班尖峰時段的車潮，橋上擠得水洩不通，應該有足夠時間欣賞成中英爲之熱血沸騰的「摩天大樓一片燈海」了，可是當時毫無感覺，燈海當然看不到，摩天大樓倒都沿著赫德遜岸邊沿江林立，但從我們所在的角度居高臨下看去，又隔上相當一段距離，再加上與瞌睡掙扎，實在不過像一堆積木。

我後來推想，事物之美，離不開觀察者的心情。成爲老紐約之後，「九一一」之前，不免經常當導遊，帶親戚朋友上世貿雙塔看風景。有一天晚上，我帶一位老友，從雙塔西面的赫德遜河岸碼頭走起，進入國際金融中心大廈，那裡的前廳構造特別，空間奇大，向水一面全部玻璃，幾乎看不見屋頂。巨大空間裡布置了鑽天楊似的熱帶椰樹，從那裡，上階梯到二樓，往東，穿過連接兩棟大廈之間的透明空中廊道，又進入南塔底層的寬大空間，整體感覺好像在科幻世界漫遊。然後再搭高速電梯上到一百十層，繼續由樓梯走到巨廈頂層的露天瞭望台，忽然一片碎鑽遍地的水晶色燈火出現在腳下，那種介乎人間與非人間的感覺，連九龍、尖沙咀碼頭看到的中環燈海都無法比擬。

到紐約的第一天，先送北海兄到畫家陳昭宏位於東百老匯的畫室兼起居的統樓（loft），卸下了他的行李，我們再開車到中國城凱撒琳街四新商店找戰友程明怡。程明怡當時在附近的果園街（Orchard Street）買了一間公寓，正在整修，尚未遷入，遂邀我們暫住。

我後來才明白，果園街在二、三十年代，曾經是繁華熱鬧的中心商業區，但到七十年代，猶太人發了財，紛紛搬走，逐漸凋零敗落。

紐約第一晚，可是畢生難忘。

那套公寓面積不算小，設備也算齊全，可是，年久失修，牆紙片片剝落，地板老舊，走在上面咯吱咯吱響，隨處都像有陷阱。主人還沒搬進來住，燈光殘破不全，屋內因此昏昏暗暗。

我們找到一把破掃帚，選定比較寬敞的一間，打掃完畢，把明怡兄處借來的毯子枕頭鋪下，準備休息。

實在太累了，我想我一倒頭便進入了夢鄉。忽然又給小孩吵醒。

「爹地，爹地，這是什麼？」

老大那時剛滿三歲，一路上睡飽了，這時還不安分，到了新環境，滿屋子到處探險。掰開他的小手一看，我的血液幾乎凝住，他手裡不知從什麼地方摸來一把白白軟軟的小蟲，有的還在蠕動。

妹妹尖叫了一聲，幾乎當場昏倒。

「蛆！」

這一下，睡意全沒有了。幸好一路遠行，帶了手電筒。滿屋子搜索檢查，終於在廚房裡發現老窩，而且，從廚房開始，已經蔓延到廁所、客廳。所幸我們選的那間臥室離廚房最遠，但是，先頭部隊已經快要登堂入室了。不能想像，如果不是小孩頑皮，第二天早晨起床時，是何等場面。

於是，找到一個破紙箱，拆開來，權充簸箕，從臥室門外掃起，一路打殲滅戰。那晚上，雖未仔細算，因爲實在忍不住要嘔吐，但那不大不小的一堆白蝨，至少也有兩、三百條！

第二天，顧不得革命老戰友的盛情挽留（他說，何必花冤枉錢呢，我們租住的公寓還有一個月才到期，何不等正式找到房子再搬？）也顧不得革命圈子裡必然會有的風言風語（本來就是走資派嘛！），全家搬進了中城區一家價格不菲但至少乾淨衛生的旅館。

夜戰小白蝨的故事，我始終沒跟程明怡提過。與北海兄會面同去聯合國報到時，他問：「昨晚睡得好吧？」「可不是，跟石頭一樣！」我答。

那是一九七二年九月十九日。三十年紐約居的第二天，二十七年公務員生涯的第一天。

紐約居

紐約居大不易，這話說來毫無誇張意味，凡曾在這裡盤桓過一陣的人都可以作證，這已經是普通常識了。根據統計，一般紐約人的收入，花在住房方面的比率，平均在四分之一到二分之一之間，也就是說，食衣住行全部算起來，找個屋頂遮蔽風雨，成爲紐約人的第一大開銷。在紐約生活，能把通勤時間壓在一小時以內，就可以算是方便，如果還能將房租壓在收入的三分之一以下，那就是上上選了。

一九七二年初到紐約，找地方安家的主要思想，便是這兩條原則。

事實上，三十年前的紐約，距離尺土寸金還差得遠。以地產商的眼光看，正是投資的黃金時代。有一位聯合國的老同事，六十年代花了不到五萬美元，加上貸款，便在唐人街最繁華的運河街（Canal Street，當地台山老華僑稱爲堅尼街）買了一棟六層的商業樓。八十年代末，老同事退休，樓價已經在兩千萬上下。這一類傳奇故事，三十年來聽了不少，不過，這類故事，彷彿總有一個公式：聽到的時候已經太遲了，只能感嘆：「早知道就好了……。」

所以，要談紐約居這個不大不小的課題，必須撇開神話，正視現實。

現實很殘酷，對於文化生活習慣與眾不同的華人，尤其殘酷。

華人新移民的底層，不管入境合法不合法，住的方面根本沒什麼選擇。好一點的投靠親戚朋友，差一點的只能在曼哈頓南端的老華埠或皇后區法拉盛新華埠租房或租一張床位棲身。遭遇最慘的當然是近十幾年來人蛇集團偷運進來的黑戶，基本上像貨物一樣集體塞在「倉庫」裡，一天幹活十幾個小時，一張床位分成三班使用，每人只有八小時。不論是以上哪一種情況，人住的地方也就是老鼠蟑螂活動的地方。這是新移民的現實。

華人老移民的頂層，總該不大一樣吧？一九四九年前後，國民政府樹倒猢猻散，南京、上海不少身懷鉅額黃金美鈔的官紳富商流亡到紐約做寓公，這批人大多有條件選擇在曼哈頓中城靠近東河（不是淡水河，是一條狹長的海峽）一帶的高級公寓大樓安家落戶，其中最有名的大概是宋美齡和顧維鈞。宋美齡原在長島有個深宅大院，偶爾進城才在這裡歇腳，直到晚年行動不便才正式搬過來。這一帶形成了一個紐約華人中最唯我獨尊的小圈圈，外人非請莫入，甚至第二第三代也自成系統，鮮少與外界交往。這裡的話題，離不開「天朝遺事」，社交上流行的除了英語，照說寧波官話，廚子奶媽司機一應俱全，麻將打的還是老式十三張。表面看，這裡應該是個快樂的天堂，然而，相對於過去的輝煌場面，現實對於他們，恐怕也相當殘酷。

大紐約區的華人，按照美國官方的人口普查，不過二十萬左右，老紐約都心知肚明，這個數字明顯縮水，絕不可靠。華人寓居海外，多少帶點驚弓之鳥心態，不暴露自己行藏成了自衛本能，官方的調查大都視若無睹，加上黑戶與流動人口，保守一點估計，至少在五十萬上下。現在不流行馬克思的階級分析，當代社會統計多以去除意識形態的「收入等級」（income bracket）行之，按照這種分類法，紐約華人除上述頂層和底層兩類外，絕大多數屬於中間階層。

這個大肚子中間階層如何解決住的問題，才是紐約華人的主要生活形態。

從一九七二年九月到紐約至一九七六年三月去非洲，整整三年半時間，我的收入，扣除稅金，不過一千多元一月，應列入中產階級的下層。以當時的物價指數算計，每個月能動用的房租費用不能超過五百元。三、四百元這個條件，又要兼顧治安、環境、空間和通勤時間，只有一條路好走——離開曼哈頓，沿著幾條通過海底隧道或跨海大橋的地鐵線，往皇后區、布魯克林或布朗克斯找公寓大樓或排屋（town-house，一稱連棟房）解決問題。

後來了解的事實證明，這條路線成爲近三十年來華人中間階層初到紐約的主要生存策略。從曼哈頓時報廣場起站，經過大中央車站，第七號地鐵（法拉盛線）潛入東河海底，進入皇后區，一直拉到終點法拉盛，全程快車不到一小時。沿線幾個大站如木邊、積臣泰、艾姆赫斯、可樂娜，這些年來變成了華人人口的主要定居點，尤其是法拉盛，一九七二年只有緬街開了一家賣中國蔬菜、罐頭食品和雜貨的商店「大道」，今天的法拉盛，已經變成了紐約第二華埠，而且因爲新到移民以台灣來的爲主，這個新僑中心的商業設施和住家，台灣風味十足，隔海與老華埠的廣東、福建風味爭雄競美。

到紐約的第二年，我以月租三百三十元在積臣泰（Jackson Heights，應譯爲傑克森高地，但這個台山話音譯現已通用）租了一層樓。「一層樓」這個說法是香港習慣，聽起來頗爲壯觀，面積其實有限，不過物超所值，價格比曼哈頓便宜一半，對當時的我而言，可說躊躇滿志，頗覺遊刃有餘，因爲不僅把吃和睡的空間分開，還有個角落安放一張書桌，至於歷年胡亂收藏幾至失控的書籍雜誌，只好到建材行買磚塊木板，沿客廳、臥房牆壁權當擺設了。

六、七十年代的積臣泰，主要居民爲義大利移民。紐約的歐洲移民中，義大利人來得較晚，後到移民難免要受欺負排斥，黑手黨之興因此不過是新移民團結自衛的手段之一，跟台灣的竹聯幫和紐約華埠的鬼影幫一樣，從社會學角度看，都是不同社會集團爭奪生存資源的副產品。我們的房東表面做泥水匠，實際上是黑手黨的一名小嘍囉，也許習慣的關係，把我們一家看成他卵翼下的受保護人，態度親切，照顧關心無微不至，尤其是體重兩百磅的房東太太，每次看到我家老二（兩歲，長得圓圓滾滾），必定抱在懷裡親個不停，口口聲聲Benjamina, Benjamina（Benjamin的義大利暱稱）。

積臣泰那時住著「西部三家」。我住九十二街，郭松棻與張北海兩家斜對門住八十九街，經常來往。有一段時間，紐約左派圈子裡內鬥風熾，「西部三家」（三個人都來自加州）竟成爲「走資派」的同義語。前面不是提過，我們租的這一類排屋其實不過是中產階級下層的簡單住處嗎？爲什麼還能贏得這個光榮稱號呢？回想起來，紅衛兵心態自然是主要因素，不過，三個習慣了加州人文風氣的知識分子，雖然自認左派，總免不了在社會主義的主張裡，堅持著人的面孔，也是事實。

非洲三年後，再回到紐約，文革已經成爲歷史，紐約的紅衛兵們也都紛紛鑽營、高升、發達、置產。我這個「走資派」在非洲省吃儉用，攢下一筆銀子，遂不顧一切，向銀行貸款六萬美元，在紐約市北郊找到一幢依山面溪的「豪宅」，解甲歸田了。

一群異端

對我來說，服務聯合國近三十年，最難忘的一個鏡頭發生在二〇〇〇年的冬天。那是我退休之後的第二年，心理上還沒有完全調整過來，因此，接到聯合國祕書處為加強人力應付聯大期間的繁重業務發給我的短期聘書時，確有一種舊夢重溫的感覺。同時，對於自己做了三十年的公務員還不免藕斷絲連，又有一種莫名所以的不安。

就是在這種心情的籠罩下，那天見到老郭，頗受震動。事先便聽說他那天要來，所以，見到他，並不感到突然。書會閱覽室的燈光比較暗淡，坐在那裡的老郭已經滿頭白髮，這也不突然，我知道他退休已經兩年多，身體又不好，這些都是可以期待的。震動我的毋寧是他臉上的那種表情。他讓我覺得，他確實是回到了家，平靜而安詳。

我們曾經是意氣風發共同努力改造世界的革命同志呢！

想起了小津安二郎描寫上班族的電影「早春」。

一個退休的公司職員，躺在病榻上，望著窗外的高樓大廈。

「這個時刻，應該乘電梯去簽到了，再過兩個小時，該做工間操了……再過兩個小時，下班的鈴聲該響了……。爲什麼那樣天天過著的時候，從未感覺過幸福呢？」

一九七二年，我跟老郭同時通過了聯合國祕書處的考試，先後來到紐約報到。我記得，我報到都快兩個月了，老郭還在猶豫不決。

「做翻譯？有意思嗎？」

他在電話裡問我。

事實上，同年考上聯合國翻譯的，不止二十個人（包括筆譯與口譯），每個人都問過這個問題。

這批人，以及其後五、六年陸陸續續進入聯合國祕書處工作人數大約近百的華人，是聯合國文官任用歷史上空前絕後的特例。雖然主要的業務只是語文的審校、翻譯和處理，看來簡單不過，但聯合國正式文件和會議語文所涉內容十分複雜，從海洋到外太空的各種法規，從環境保護到物種多樣化，從預算審核到電子票據……，人類活動任何領域的專業概念和術語隨時出現，更何況大型國際會議和安全理事會的決議和經常討論的問題，逐漸編纂成典章的各種性質的國際法條約，各國外交函電的來往，其中語文所傳達的信息，牽涉重大，不得模糊，不容扭曲。沒有嚴格的專業訓練，如何勝任。

這種工作的業務要求，可以想像，從業者至少必須具備三個基本條件：首先，對國際上經常探討的各類議題，雖不必精通深入，但至少能正確理解並略知來龍去脈；其次，要具備第一流的語文修養和運用能力；第三個條件，雖無考核標準，卻不可或缺，即國際公務人員不能沒有的職業倫理。

聯合國雇用的工作人員，尤其是國際徵聘的專業級以上人員，報到時，必須向祕書長宣誓效忠，這一看來官樣文章的手續，實含深義。

聯合國體系的國際文官，處理公務過程中，遇有本國利益與國際利益衝突矛盾的情況，必須維持客觀中立。這個要求，因無從驗證，雖似虛設標準，卻與聯合國的崇高理想若合符節，應該是二戰後成立的聯合國異於二戰前崩解的國聯的一個要件。然而，在民族國家形成時期造成的民族本位主義情緒高漲的近當代，尤其對因民族苦難深重而受盡屈辱的中國知識分子，職業倫理的落實，難上加難。

從一九七二年開始，到七十年代結束，聯合國紐約總部、日內瓦歐洲分部以及維也納、曼谷等地，通過公開考試，吸收了大批海外華人。這批人，必須坦白承認，對國際問題夙無研究，又無專業語文技術訓練，而且，他們之中的絕大多數，都出身海外當年轟動一時的保衛釣魚台愛國主義學生運動。這批人，按前述國際文官的三個基本條件檢驗，毫無疑問，不折不扣，是聯合國內的一群異端。

爲什麼吸收一批異端給自己製造麻煩呢？聯合國的人事部門瘋了嗎？要解開這個謎團，並進一步看看這一群「離經叛道」人物過去三十年的經驗，得從當年的國際變化談起。

一九七一年，中華人民共和國經過了二十二年的長期外交奮鬥，恢復了聯合國的會籍，並取代中華民國的安理會常任理事國席位。中華民國政府，因蔣介石堅持「漢賊不兩立」的一個中國政策，拒絕了美國爲之保留聯合國大會普通會員國的努力，全面退出聯合國。我們不談這個重大變化的政治意義，只談它對聯合國內部作業的影響。

最深刻，而且面臨緊迫要求的，是因中華人民共和國代表來到，中文從正式官方語文加強角色成爲正式工作語文的變化，這意味著聯合國內的中文使用從聊備一格變成廣泛應用。精通中文且兼通英、法、西班牙主要語種的翻譯人才，一夜之間，在職業市場上成爲奇貨可居的搶手貨。

按理，這種人才應該可以到中國內部去找，然而，那幾年，文革尚未結束，四人幫當道，通外語等於裡通外國，外語人才如非當道所需，全下在牛棚裡。

事有湊巧，聯合國鑑於客觀形勢，不得不在海外公開招考。而海外華人知識分子當中，積極參與了保釣運動的那批人，因爲搞學運，不少人失學失業，正在尋找生路。

兩個歷史偶然湊成了一個歷史必然。

習慣了示威抗議、開會遊行、搖旗吶喊的保釣分子，在聯合國這個朝九晚五的大官僚機構裡，有一個長期「馴化」的過程，其中每人各有一套辛酸故事，自不足爲外人道。

我想從另外一個角度看看這種人的變化。

這一群異端人物當中，其實有不少眞材實料。筆譯員小李，原來是加州理工學院生物物理研究所培養的尖子，指導教授爲諾貝爾獎得主，帶領的三個尖子，有兩個人後來得諾貝爾獎，他們卻公認，當了筆譯的那一位，本最具潛力。前文提到的老郭，根據我的了解，無論學養與見識，在台大或北大當文學教授，都游刃有餘。聯合國聘用的翻譯資格是大學畢業，這群人大多擁有碩士、博士學位。

還有一個特點，通常翻譯都是文科出身，這批人的專業訓練卻多爲理科和工科。這種背景也許在文字表達上初期有點障礙，但通過自修和相互學習很快克服，而他們的特長卻是文科背景者無從實踐的。中文翻譯處在比較短的時間裡，從辭匯編譯整理、格式制訂統一到全部作業程序電腦化，取得的成績令人刮目相看，沒有他們的參與是不能想像的。

不過，總的看來，不論歷史發展的因緣際會幸或不幸，三十年，尤其是進入成年之後的三十年，實際上就是一個人一生能夠用於創造發揮的幾乎全部的時間。對聯合國而言，一群異端的加入，也許製造了一些不必要的麻煩或風波，影響究竟不大，何況，在青黃不接的那幾年，他們的貢獻也有目共睹。但對這一群乖離了人生道路的人本身，歷史確有些殘酷的況味。

我那天看到老郭是深受震動的。

他對我說：「我們當中，你是最成功的。寫了十幾本書，實在是了不起的成就……」

我不能告訴他，我心裡其實在流血；我不能告訴他，我這一輩子眞正想做的事都沒有做出來；我不能告訴他，他雖然好像沒有做出什麼傲人的「成績」，他半生無告一生苦思卻成就了一種人生智慧，是任何人無法企及的。

老郭三年前中風，如今半身癱瘓。

玩物不喪志

「快四十的人了，還這樣生活，玩物喪志！」這句話是老友松棻轉述的，他父親那時剛從日本移民到加州，還沒完全安頓，便又急著飛來紐約看他這個自幼天賦很高的兒子。看見他沒事便坐在水族箱前彷彿發呆，老父頗爲不滿。

那一陣，我跟松棻都迷熱帶魚，這迷，早在保釣以前便已發「病」。恰好傅運籌讀室內設計，系裡有個「作坊」，什麼工具、材料都有，加州大學當時資源充裕，所有材料全免費供應。於是，加大養魚三劍客，各自在「作坊」裡利用丙烯酸塑料玻璃設計水族箱。這種「化學玻璃」質地精美，原來用於飛機座艙罩，做魚缸當然是大才小用。我一共做了七個，家裡沒地方放，就清出壁櫥，搭架上缸，號稱劉七缸。

我們瘋的是鐵餅魚（discus），原產地在亞馬遜河的支流小溪，身體扁圓似鐵餅，因此得名，香港南洋一帶叫七彩神仙魚，因爲牠外形與動作有點像神仙魚（angel fish），但花紋奇特，全身布置著彎彎曲曲蚯蚓般的線條，而色彩則有錠青有棕紅，水質控制得當，酸度恰好時，幾乎有迷幻效果（psychedelic）。

這魚還有另一種吸引力，人工飼養牠就拒絕傳宗接代。養魚手冊倒是介紹了許多方法，怎麼試都不靈。最接近成功的一次，交配後魚卵受了精，而且孵化成小魚。頭一個月最緊張，因爲鐵餅魚的仔魚太小，任何人工飼料都養不活，一定要母魚餵食。母魚產後身體上分泌乳狀營養物，幾十條仔魚便吸附在她身上，這景觀令人相當興奮，然而，沒幾天，嬰兒全部失蹤，行家說，那是因爲生長環境不對，父母失了本性，把自己的後代當食物吃了。

曾經嘗試把成魚撈出來隔離，並試以能想像的最微小的飼料，沒幾天，也全部餓死。

我們的魚苗都買自舊金山一個新從廣東移民來的華僑。這位仁兄看來並沒什麼學問，然而，據說當時的美國，掌握這種技術的，只有他一個。我們曾到他的飼養室參觀，看不出他有什麼特別的招數，能觀察到的，都偷偷模仿，依然毫無成效。我還記得他那不十分「科學」的飼養間，牆上貼著一行像毛語錄的口號：「艱苦奮鬥，力爭上游，不怕犧牲，去爭取勝利！」

看著他幾十座育嬰缸裡，每缸母魚身上扒著數不清的仔魚，我們三個準博士研究生簡直比老公有了外遇的女人還要難受。

當然，今天如果再養這種魚，簡直太方便了。只需在濾水器中放一包經過處理的炭末，把水質加酸到一定程度，就解決了問題。這原理也很簡單，亞馬遜河的支流小溪，兩岸植被茂密，落葉常年溶於水中，水質因此奇酸無比。只要懂得提供這個條件，鐵餅魚沒有不樂的道理。

當時的我們，始終弄不明白這個訣竅，卻屢敗屢戰，直到保釣運動開始。

記得是保釣一九七一年一月底大示威後不久，有一天，打開壁櫥門，發現碩果僅存的一對鐵餅魚，仍在水中。但櫥門開時撲鼻而來的腥臭讓我提高了警覺，仔細觀察，那一對魚也奇怪，停在水中一動也不動，才發現魚原來不在水中，夾在魚缸與牆壁之間，已經成了魚乾。

郭伯父到訪的那段時間，我們瘋的是非洲馬拉維湖的慈鯛。松棻那時擁有一座一百二十加侖的大水族箱，裡面仿照馬拉維湖的生境，布置得美輪美奐。他養魚很會動腦筋，善於觀察體會魚的需要，手也很巧。馬拉維慈鯛的生殖習慣非常好玩，養魚界一般叫這種魚「口孵族」（mouth brooder），原來是生物進化過程中從卵生過渡到胎生的一個中繼站。卵生魚的生存策略執行的是卵海戰術。專家估計，一條鯉魚下的蛋可達百萬，其中百分之九十九以上注定陣亡。可是，要培養那麼多的蛋，必須攝取多少營養物資，精力的浪費十分可觀。口孵族還沒有具備養育胎兒的子宮一類器官，卻在口腔下方生了一個小口袋。體外受精後，母魚把受精卵吞入口中，藏在袋內，四十八小時之後孵化，但這時的魚仔還沒有自立能力，得到二十一天之後，仔魚長成，能夠自己攝食維生，母魚才張嘴一條條吐出來。這種生存策略重質不重量，孵卵袋容量有限，一次只收蛋五至十二枚。但因仔魚放出後已夠壯實，存活率甚高。

瘋馬拉維慈鯛那一陣，我跟松棻常在下班後結伴到新澤西、康州和紐約附近各地水族行和水族館尋幽探勝，每得新種必喜不自勝。

尋幽探勝的過程中，往往開車來回數小時，一路上除了談魚，也談時事談文學談藝術。事實上，保釣退潮後，一個深刻的反省運動席捲了我們。我摸索的主要是歷史，開始大量重讀二十至四十年代的中國現代史，最後還是發現，歷史仍然是身外之物，自己內裡的清洗重生才能治本，終於逐漸回到文學。松棻比我走得徹底，他從馬克思追蹤到列寧，復又回頭鑽研馬克思與恩格斯的哲學淵源，一路追到黑格爾。由於缺乏德文基礎，我猜他讀黑格爾可能相當吃力。我記得七十年代末我從非洲回來後，也就是開著車四處找魚的那麼一天，松棻曾對我說：「哲學乾巴巴的，還是文學滋潤……。」

同代人中，天賦極高但因種種原因未能充分發揮潛力的，我認爲有兩個。黃華成以前談過（篇名〈井底〉，收在《落日照大旗》一書中），松棻是另一個。在那段「玩物喪志」尋魚的日子裡，松棻略略談過一個長篇巨製的構想。時代背景設在四十年代的台北、基隆一帶。他說台語裡有一個說法，叫做「四大條」。一個家族如果有四個有出息的兒子，一定興旺發達。當然，我知道他不可能單純地寫個發家史，他內心的福克納，肯定還是會浮顯。這個大計畫，可惜因爲他英年中風，迄今難以實現，但從他已經發表的幾個短、中篇（如〈月印〉、〈昨夜星光燦爛〉）裡，可以想像〈四大條〉如果成書，其廣幅縱深、精耕細作，必然更有所超越。

必須補充一點。

郭伯父即是台灣藝術界第一代的重要畫家郭雪湖。生長於苦難時代，又深受日本大正與昭和前期的文學藝術影響，這憂患一代人往往以嚴格律己、立志立功爲人生指導原則。松棻和我則似可歸類爲憂患之餘的一代。我們這一代，在上一代搞得翻天覆地而隱隱然感覺大廈將傾的時刻，也許最重要的課題莫過於如何維持內在與外在的微妙平衡，抵制上一代天馬行空似的影響，把下一代安頓在更踏實的地基上。就是所謂的「致中和」吧。

老實說，我們這一代，也不能說無志，只不過這個志，不必立成個支配壟斷地位，或許因此排除了一些莫須有的壓力，遂略顯游刃有餘，從而容下了小塊可愛空間，則養養魚，種種花、玩玩球、練練字，皆無不可，是之謂「玩物不必喪志」。

第二輯

非洲雲遊

雲遊

雲遊是一種文化活動，也可以是一種宗教行爲，但追根溯源，它所聯繫的，或許是人類追求自我的意識。這種古老的意識，隨著地球村的形成，大概快要失傳了。

多年前，突然一天，接到一個電話，是神出鬼沒的牟敦芾打來的。那時，我還在加州，胸有大志，身無分文，下一代的老大三歲不到，老二已在叩門，聽敦芾說他想到中、南美洲闖闖，我眞是深深感到，動心易，忍性難。

我失去一次雲遊的機會，敦芾後來果然去了玻利維亞，而且在那兒拍了該國有史以來第一部電影，成爲玻利維亞的電影之父。

我跟敦芾論交，始於《劇場》雜誌時代，後來又在中央電影公司共事半年，尤其是大雪山拍外景的那段日子，奠定了我們雖十年不見但一見面便可促膝談心的友誼。

然而，六、七十年代，他居無定所，行蹤飄忽，玻利維亞之後，下次聽到電話，我已被全面繳械，做了朝九晚五公務員，而他，不但去了歐洲，又橫行北非，復經地中海入中東，穿越南亞次大陸、中南半島，徒步漫遊，直抵香港。萬里行只花了不到五百美元。

那個時代，豎大拇指搭順風車串連世界的人不少，其中絕大部分當然還是中產階級的子弟，所謂花神兒女（flower children），如此闖蕩的中國人，鳳毛麟角，我熟識的同代人中，敦芾可能是唯一的一個。早年曾通過信的三毛（那時還沒這個筆名，通信只稱 Echo），也許算半個，因爲敦芾說，曾邀她從北非過大沙漠縱線南下未果。

雖然帶著愛的訊息，隨時用手指亮出V字信號，這樣的旅程不能說毫無風險。我一個同學的妹妹，六十年代初考上演員，後赴好萊塢深造求發展，但當時的好萊塢純屬白人天下，謀事不成，遂起意東遊。路經美南德州大平原，也許旅途寂寞，也許時代風氣影響，毫無防人之心，竟慘遭搭順風車的歹徒姦殺，棄屍荒野。敦芾說，特別在巴基斯坦、阿富汗一帶，民風強悍但不淳樸，每晚紮營，他必藏一把匕首於枕下，匕首繫上透明塑膠魚線，繞蓬帳一匝，始能安睡。

如果時光倒流，如果無任何後顧之憂，我有時不免自問，會不會依樣踏上征途呢？我想還是不會。理由也不複雜，因爲我一向對《國家地理雜誌》式的風土人情沒多大興趣，也不覺得有需要考驗自己，投身逆境。隻身走天涯的豪情壯志不能說沒有，但與狹義的文化廣義的宗教無關。

印度電影大導演薩提雅吉·雷（Satyajit Ray）的傑作【阿普三部曲】（Apu Trilogy），完結篇《阿普的世界》（The World of Apu）中寫阿普猝然喪妻（難產），從幸福的巔峰跌落深淵，遂擯棄一切，遠離人間煙火，浪跡高山大川，追尋心靈的平靜。故事固然動人，究竟還是故事，在組織嚴密的現代社會，人生大起大落固不可免，處理的方法則無法羅曼蒂克，別的不說，身分證、戶籍、信用卡、駕駛執照都是不大不小的難題，如果什麼都不顧，碰上了反恐怖主義的天羅地網，不要說心靈平靜、人格完成、頓悟、涅槃、立地成佛、超凡入聖等等完美的心理修持與宗教昇華境界，大抵免不了泡沫化，即退一步，要做個與世無爭的自了漢，也未必可能。

總之，純冒險或修身養性的雲遊，看來不是我的選擇。

我醉心夢想的，其實是一種有所爲有所不爲的雲遊。如果時光倒流三十年，如果沒有任何後顧之憂，如果我具備必要的知識與技術，我想，我一定獻身做一個植物採集者。甚至不一定需要採集，只要有機會在原始生境看看自己鍾愛的植物如何生存發展如何通過物競天擇的嚴酷考驗如何快快樂樂地生老病死便好。

自然史作家埃瑞克・漢森（Eric Hansen）寫過一段《火山之旅》（Journey to Fire Mountain），可以給大家介紹一下，也藉以說明我自己都說不清的一種心情。

一九九三年四月的月圓之夜，漢森帶了兩個美國顧客在婆羅洲島上的林邦河與米達藍河匯流處，等候兩個平南族（Penan）土人巴提和卡同。兩名美國客人一個叫理查・巴斯金（Richard Baskin），來自明尼阿波里斯，一個叫唐諾・勒維特（Donald Levitt），來自北達科塔，兩個人都是蘭癡。巴提完全無法理解這兩個旅行一萬兩千英里到這裡來找他做嚮導的人究竟要幹什麼。漢森設法解釋：

「他們來這裡爲了看一種花？」

「對。」

「這花能吃嗎？」

「不能。」

「可以做藥？」

「不能。」

「那他們要這花做什麼？」

「照相，然後量一量葉片的長度。」

「這些人花多少錢來看這種花？」

「每人大約三千五百美元。」

除了三千五百美元外加來回旅費，他們還購置了大批設備，包括：濕度計、測高儀、石蕊試紙（測試酸度）、手提衛星測位器（測量位置的經緯度，誤差十呎）、錄影攝影機、照相機、羅盤、錄音機、電池和充電器、望遠鏡、電解穩定器、防曬膏、淨水丸、手泵、登山露營設備、速凍食品、驅蟲劑、筆記電腦……。巴提和卡同只有一只鍋、兩根吹槍和獵刀。

這個旅行團的探險目的物是一種稀有的拖鞋蘭，學名 Paphiopedilum sanderianum。理查說，這是蘭花裡的聖杯，地球上大概只有不到一打植物學家曾見過這種蘭在野地開花，全世界的蘭界爲之震動。植物保護主義者、科學家和蘭商爲了這種植物，鬥得你死我活。

據漢森介紹，這種蘭花的特色是兩片（或應說兩條）下墜的花瓣，如絲帶般扭成螺旋，長的超過三英尺。首先發現這種蘭花的是德國植物採集家 J. Förstermann，據說他一八五五年在沙勞越的熱帶雨林中一度驚豔，此後便滅了種。理查說，所謂滅種的傳說其實是以訛傳訛，因爲人們把發現的地點搞錯了。果然，一九七八年，植物學家 Ivan Nielsen 在婆羅洲平南族稱之爲貢濃阿皮（意爲「火山」）的地方再度發現。

火山之旅來回至少十天，沒有任何現代交通工具，因爲穿越的地帶全是未開發的原始林。婆羅洲的熱帶雨林，對所有「文明人」而言，不折不扣，不過是個雲霧蒸騰的綠色地獄，裡面充斥著血蛭、螞蟥、毒蟲、巨型蟑螂、瘧蚊和蛇蠍，氣味腐臭，到處都是死亡陷阱。然而，這裡原是平南族祖祖輩輩休養生息的故鄉。他們的祖先，不用二十分鐘，樹枝樹葉編成了風雨不透的家居，雨林裡到處是食物、藥材，大雨傾盆，照樣能生火，用不著火柴。這種生活方式，正在迅速消失。

穿林過溪當然完全靠巴提和卡同。要找到稀有蘭種的原始生境，還得靠兩位蘭癡的儀器。一路測光、測濕度、測方向、測空氣的流動速度，尋找這種蘭花選擇生長的特殊石灰岩，終於，第五天上午，在火山海拔九百五十呎的一片懸崖峭壁上，給他們找到了成千上萬條迎風款擺的 Sanderianum 彩色花瓣。

接下去一個下午，理查與唐諾投入工作，除了量葉片、花瓣、植株，還得計算種莢，測雨水酸度（6.3）、光照強度〔二千五百至四千呎——燭光（foot-candles，光照單位）〕，採集附近的岩塊和泥炭……。這一切都記錄好，收藏好，然後照相。只有一樣不能做，蘭花本身一棵也不能碰。

巴提迷惑不解。「爲什麼？」他問。漢森說：「帶進美國被查到，罰款五十萬美元，徒刑十年！」

「可是，上個月，你們有家公司在另一座山開路，推土機碾過去，這樣的花，至少剷掉好幾倍！」

平南族人也許永遠弄不懂白人的邏輯。跟他們的生活方式一樣，我夢想的雲遊，機會想是越來越渺茫了。

天涯不斷腸

人在非洲，很難不產生遠離文明的寂寞感，世界的「重心」在幾千里外，關心的人和事隔了半個地球，耳聞目睹，是強烈的色彩和陌生的聲音，一切讓人以爲，這一切都是暫時的。然而，人這種動物很奇怪，往往不安定反而促成解放，所以，我發覺，人到非洲，往往變得不像自己，或者，更像自己？

在非洲，與張北海共事一年多。那一年多的張北海，我斷言，是他所有的朋友從沒見過的張北海。除了有時分頭活動的週末，我們幾乎天天一道廝混，他比我早到一年，算是識途老馬，工作清閒時，有時帶我上他發現的酒吧，有時拐彎抹角往貧民窟去尋本地的烏木雕刻家，有時介紹我認識他結交的一批從美國流浪來的嬉皮，有時請我到內羅比僅有的兩家唐餐館，讓舌頭重溫一下相隔太久的醬油滋味……。

一回到紐約便消失了的那個張北海，在非洲，臉色、神情和肢體語言透露的快樂，簡直就是個大考剛完的中學生。

在肯亞，見過不少人，都有點這種味道。最突出的一個，是個揚州人，見面時間卻最短。那次我們旅行到烏干達接壤的維多利亞湖，湖邊重鎮叫基蘇木，下午，欲雨不雨天氣，大夥在街上亂逛，突然注意到鬧區的廣告上居然有幾個中國字「猛龍過江」，終於一路打聽，摸到了那間放映李小龍影片的電影院。正在觀賞櫥窗裡的劇照，背後傳來了久違的鄉音，帶著濃厚的揚州腔：

「你們中國人？」

據老鄉自述，他二次世界大戰結束便背上他的道具晃遍了歐洲。三年前，又從地中海一路晃到肯亞。一共只會五、六套戲法，也就足以糊口。每到一個市鎮，就往人多的地方跑，只要有人看熱鬧，就有飯吃。「人都需要快樂，我賣的就是快樂。」他說。

我留下了內羅比的電話給他，以後兩年始終沒有消息，不知去了哪裡。我想起了大鏢客裡的三船敏郎，三叉路口拋一根樹枝指路，也許專賣快樂的揚州老鄉也依法炮製了。

眞懂得經營快樂的，記憶中，還有一個好漢。

那一次，在市集買菜，居然發現了海參。花了不少力氣追蹤貨源，查到一個人名一個地址。人叫穆罕默德．董，住在印度洋濱的港口蒙巴薩。

兩個月後，終於趁一次出門薩伐旅的機會，彎了點路，在蒙巴薩市找到了這個海參與魚翅生產中心。

穆罕默德原來不叫穆罕默德，是香港航運大亨董浩雲的姪孫。一九六七年港英暴動，不少企業主逃亡海外，一大批上海幫的跑去西非奈及利亞，據說給當地人吃得死死的，很不快樂。穆罕默德的遭遇，開始也不順利。他把香港的廠整個遷過來，沒兩年便倒閉。原來他的廠專事生產襪子，調查工作沒做好，非洲人不穿襪子的。

然而，這個穆罕默德不是輕易打得倒的。有一天，無聊在海邊混，給他發現了活海參。這個東西，軟不溜丟，像條巨無霸鼻涕蟲，非洲人自古不吃，殖民的英國人叫它海黃瓜（sea cucumber），只知道是腔腸動物，不知是道美味，因此，千百年來，繁殖無數，自生自滅。穆罕默德的腦筋動得很快，暗中查訪，學會了捕撈加工的技術，購置了必要的器材設備，然而，只欠東風。

首先，打撈海底資源，需要申請執照。蒙巴薩自十四世紀以來，基本上是阿拉伯人的天下。為了申請執照，為了一勞永逸控制今後的打撈生產經銷權利，世家子弟小董一不做二不休，索性下海。他猛追當地回教大族長的女兒，信奉伊斯蘭，並改名穆罕默德，從此奠定了非洲海參魚翅大王的地位。我們見到他在一九七七年，他的事業已經發展到二十幾條船，產品暢銷香港、台灣、韓國，並開始打入日本更大的市場。

七十年代中期，肯亞華人很少，一共不過十幾家。這些人，多多少少都見過，除了幾家吃美國公司飯的以外，都有點江湖習氣。最大的中餐館龍珠的老闆算是個典型腳色，一次，他老兄發脾氣，拳腳交加，打死了一名當地人廚工。可是國防部長是他的好友，法官經常上龍珠免費用餐，案發後上下打點，給死者家屬送了筆錢，就此不了了之。

不是說，斷腸人在天涯。我在天涯見到的那些中國人，絕無這種情調。

前幾天又看了一次《非洲憶往》(Out of Africa)。Isak Dinesen (原名 Karen Blixen) 筆下的兩個男人，情人丹尼斯和丈夫布洛爾，二十年代生活在天涯的歐洲白種男子，都有一種解放了的味道。我所謂的解放，當然與社會學說無關，毋寧是回到人類原始發源地自然而然出現的性格變化。尤其是 Karen 的丈夫布洛爾，據傳即海明威小說《法蘭西斯・馬康伯快樂短暫的一生》中那個面對猛獅撲來不動聲色的白獵人 Robert Wilson 的原型。海明威創造的這種男性角色，我在七十年代肯亞看到的一些中國男人身上也得到印證，雖然時代不同，文化、社會背景不同，作爲一個生死之間赤裸裸存在的人，意味是相彷彿的。

不妨把意思說得清楚一點。

在海外看台灣的報紙，常讓我莫名感傷。不，我對我心靈故鄉的政治、經濟大事一點也不感傷，讓我感傷的是媒體上經常出現的那批風流人物的嘴臉。人的生存如果沒日沒夜捲在黑金、權謀、樁腳、配票、造勢、文宣、站台、黑箱作業、省籍矛盾……這一類無窮無盡的勾心鬥角中，剩下來還有幾分人性就很可以懷疑了。海明威所寫的儒夫馬康伯原來也是美國上流社會的頭面人物，三十五歲，有錢有勢，身材高大，相貌堂堂。然而，把他還原成一個赤裸裸的人，面對一場你死我活的搏鬥，他就只能逃跑，「光天化日之下他神色倉皇沒命地逃跑……。」

可是，台灣的報紙也奇怪，每天每天，就以這樣的人物爲英雄，整版整版，就給這樣的人物造像，似乎下一代的學習榜樣沒有任何選擇。

我要是個女人，絕不可能嫁給這種蠅營狗苟、背後插刀的人物。

我要有個女兒，寧願送她去非洲。那邊的男人，即便是作奸犯科、浪跡天涯，至少還保留人類始祖傳下來的些許活人味。

白光．周璇．薩王納

母親從來不知道，她送我的各種禮物之中，竟以這兩卷錄音帶，最是刻骨銘心。

那是一九七六年的冬天，不，應該是夏天，因爲我們活在南半球，雖然不過是赤道以南四度，但肯亞首都內羅比的陽光，亮度與台北八月盛夏不相上下，幸好地勢高（海拔五千呎），熱度與濕度尚可容忍，然而，每天從上午十一點左右到下午三、四點鐘，驕陽炙膚、暑氣蒸騰，英國人從澳洲大批引進的尤加利樹，狀似半枯乾的枝葉，支撐著淨藍的天穹，雀鳥昆蟲多蟄伏噤聲，滿堂盈耳者，無非知了的聒噪。這一切都無從逃避，鄉愁便似抽刀斷水。

在這樣的日子裡，這種心情的圍困下，一有機會，便需出走。一個長週末，我們驅車南下，奔向安博塞里（Amboseli）的大片薩王納（Savanna），去尋找生命。

我們一共十個人，我家四口，李我焱家四口，還有張文藝父子。

由內羅比往西南，到安博塞里的納曼加大門（Namanga Gate），不過八十四英里，如果是高速公路，最多一個半小時的車程，我們三部車，首尾相隨，沒人掉隊，開了五個多小時。

一九七六年的肯亞，獨立建國不過十三年，面積相當於台灣的十六倍，全國沒有一條高速公路，唯一的鐵道，從印度洋濱的海港蒙巴薩到西陲維多利亞湖畔的基蘇木，還是英國人爲了拓展移民墾殖留下的政績。通往安博塞里的公路，部分鋪了柏油，路窄無肩，雙向對開，車速超過五十英里便有翻車危險，但平均時速三十五英里，照理，三小時以內也應抵達目的地。可是，有些事情，是無法預料的，即使戰戰兢兢，如履薄冰，還是免不了發生意外。

過Sultan Hamud（一個半馬薩依族半基庫尤族的小鎮）不久，柏油路面尚未到終點，左前方的荒草坡上發現一群牛，但我的眼角餘光注意到，所有的牛隻，頭都向左，背對公路，因此沒有著意減速，卻在不到五十公尺的距離時，一條小牛突然驚恐失措，掉頭向公路狂奔，腳剛踏上剎車板，便聽一聲巨響，牛身斜飛出去至少十幾呎，體腔內的糞便和血肉，經此重擊，迸射出來，灑遍車窗車門。車子倒沒翻，但保險槓脫落，車頭凹陷，幸好引擎、水箱沒有損壞。

到下一個村莊找到當地父老，將保險公司的地址、電話留下，教他們如何索賠後恢復上路時，天色已近黃昏。這一次去安博塞里，印象中，竟無夕陽餘暉映照乞力馬札羅大山的圖片，後半程趕路，只記得撞牛剎那的震撼，一路被強烈的腥臭包圍。

安博塞里國家公園位於終年積雪的非洲第一高峰乞力馬札羅山腳下，與坦桑尼亞接壤，以安博塞里湖爲中心，大部分地區爲熱帶乾旱地或半乾旱地，全部面積一千兩百六十平方英里。它所以享有大名，跟好萊塢據海明威小說拍攝的電影《雪山盟》（Snows of Kiliman-jaro）不無關係。

然而，赤地千里的安博塞里，哪裡去尋《雪山盟》的影子？海明威三十年代的生死觀與情愛糾纏，對於七十年代漂流到此的三個中國人，竟激不起一絲一毫西洋歷史風煙的感受，驅車在熱帶稀樹乾草原上，一種痛徹心肺的快感，油然而生。

母親的禮物是兩卷錄音帶，一卷白光，一卷周璇。跟隨嚮導追蹤獅子、大象、犀牛和獵豹（cheetah）的過程中，觸目所見，蠻荒野地上，一片黃草之外，看似欣欣向榮的，只有非洲特有的金合歡屬刺槐（thorn tree）疏林構成的風景，此間的乾旱，連素以耐旱著稱的猴麵包樹（baobab tree）都無法生存。爲了適應環境，刺槐的枝葉演化成針狀，表面面積縮小，便於減少水分蒸發。從遠處望去，刺槐林像一群張開的遮陽傘，樹冠發展成平面，據說野風掠過方便，也是爲了減少蒸發量。相對於這種極端險惡的生存狀態，車窗關密，冷氣放到最高點，滿耳朵只聽四十年代上海的沉淪靡爛，其痛快逍遙，又豈是斤斤計較死生大關的海明威輩所能想像！

我與張文藝論交，到當時已有十幾年。初相識時，他和我一樣，都夢想拿到學位後回台投身電影文化出版事業，一九七二年，我們同因保釣搞到山窮水盡，台灣上了黑名單，學校斷了經濟來源，不得已，只好另謀生路，我們同時考上聯合國。一九七二年九月初，我從柏克萊租車出發南下，到洛杉磯聖塔蒙尼卡接張，兩人輪流駕駛，花了兩個禮拜遍遊美國名山大川後，同一天到紐約聯合國總部報到。張出身世家，一介書生，講究生活品味，但一九七一年國民黨在洛杉磯舉辦世界華商大會，洛杉磯保釣小組發動示威，竟遭打手重擊成傷。筆名張北海，退休後寫了一本五百頁的現代俠情小說《俠隱》，情文並茂，台北麥田出版。

李我焱則純因保釣運動才結識。一九七一年一月底保釣第一次大示威之後，兩岸各校保釣小組感覺一次示威對國民政府形成的壓力不夠，美國與日本政府更是無動於衷，於是醞釀全國性聯合大示威，我被推擔任《保衛釣魚台宣言》的起草人，稿成後，必須聯絡各地保釣分會討論通過，李我焱成爲這一關鍵事件的總聯絡。那時尚無傳眞機，寫信又費時，他必須通過長途電話與各地聯絡，一字一句口述抄錄之後，各地再將自己的修改意見通知他。書生論政，意見統一最難，爲了幾個字的修辭，有人不惜威脅退出，有時得幾十通電話往返爭執才能定案，這項工作的煩雜可以想像，但李我焱處理得非常好，大大推動了第二次大示威前的團結，遂被推爲四月十日華盛頓大示威的總指揮。那次示威我代表北加州保釣同盟赴會，在幕後親見李條理分明、迅速有力、任勞任怨的工作作風，眞覺得他是個難得的人才，所以他享有海外周恩來之名，實非過譽。

一九七四年四、五月間，我們三家人第一次同赴大陸參觀訪問。由上海坐火車到北京，我跟張文藝兩人合力幹掉一瓶五糧液，到北京的第二晚，我便因十二指腸潰瘍大吐血住進了首都醫院。

住院十天期間，李我焱每天下午來探病，每次來，在病床前坐上半個小時，除禮貌性問話外，幾乎都不言不語，我心覺蹊蹺，卻不便詢問，回紐約後才聽說李出了「大事」。所謂「大事」，原來是私人感情糾紛，本應是「干卿底事」的性質，但在那個火紅的年代，紐約極左派藉機煽動鬧事，有人主張在新澤西州開大會，把李捆到現場批鬥，有人主張把他抓起來，送回大陸勞改，甚至還有人主張雇職業兇手暗殺之。我和張都因力主大事化小而被貶爲

「保皇黨」，戴上了修正主義走資派的帽子。

李我焱原爲台大物理系高材生，保釣前在哥倫比亞大學物理研究所擔任吳健雄博士的研究助理。年紀比我大幾歲，因爲曾在台參加左翼讀書會被捕，坐過幾年政治牢。所以不厭其煩談這些背景，是因爲不了解這些便無從體會，薩王納上的漫遊爲什麼配上白光、周璇才更加美好。

除了白光、周璇，母親還給我寄了一包空心菜種籽。我在內羅比的住宅後院開闢了一畦地，約一呎半深，底層鋪塑膠布，因爲土質多爲火山灰，蓄水功能奇差。火山灰種出來的空心菜卻別有風味，不嫩也不脆，纖維組織特強，頗耐咀嚼，反而更符合異域流放的風沙感。

雙魚酒店

現在回想起來，那一次去蒙巴薩（Mombasa），應該是一生中最快樂的旅行，然而，當時毫不自覺，只知道自己不斷被零零碎碎的事牽絆干擾。快樂對我似乎只能是事過境遷後的心理彌補行爲。不知道同遊諸人是否也有同感，我想也許不會，因爲我知道自己有不善放鬆的毛病，別人不一定會，尤其看到孩子們，當他們從雙魚酒店接待大廳裡特別設計的游泳池入口下水，穿過水底隧道，泳向印度洋濱海闊天空的外池，那種表情、那種肢體語言，至今深印我腦海中的，不就是活生生的香格里拉的再現？

父親和母親或者也一樣。特別是晨曦乍露時分，半倚在沙灘躺椅上，印度洋碧波萬里無風無雨，一輪紅日冉冉浮升，近海處，隔斷大洋的珊瑚礁層內，早起的漁人正在撒網。我記得母親說：「等下他們上岸，千萬攔住，看有什麼新鮮東西……。」

前一天，打魚的過來推銷，用相當美金兩毛五的肯亞先令，買了一條一呎長的青衣，關照廚房用廣式烹調蒸出來，灑上些檸檬汁，雖無蔥葉醬油薑絲，美味毫不遜色。

新鮮東西蠻多的。印度洋濱的螃蟹，螯大肉嫩，蝦的大小介乎對蝦與甜蝦之間，香脆可口，魚的種類數不清，每天不同，我們只能挑似曾相識的。

父親對游泳、堆沙、曬太陽、戴上潛游鏡（snorkel）看珊瑚熱帶魚、撿貝殼等等孩子們忙得不可開交的種種活動，都只有旁觀的興趣，他一心只在每晚那一頓新鮮出水的生猛海鮮。偶爾也在沙灘散步，搜集了一大落各種各樣不知屬於哪類植物的漂浮硬果。有人說，肯亞海岸線上直撐天際的椰樹和棕櫚，就是從印度和印度尼西亞漂洋過海移民來的。我甚至懷疑，著生於棕櫚樹冠底下的一種豹紋蘭 Acampe Pachyglossa，竟與東非分布最廣的 Angraecoid 蘭屬毫無血緣瓜葛，反同東南亞單軸類的 Ascocentrum 和 Saccolabium 蘭屬同類，難道它們的腳步，還早於一千年前趁貿易風南下的阿拉伯獨桅三角帆船（dhows），更早於明代三保太監的樓船艦隊？

父親和母親的東非之旅是兩老餘生最難忘懷的一件大事。那一年，一九七七年的五月，他們從台北飛美國，住在我妹妹家，那時我剛忙完環境規畫理事會的年會工作，預計有一段閒日子。遂安排他們來非小住。

母親年輕時最喜歡遊山玩水，但她的旅行觀念僅限於三、四十年代的大江南北，聽說要來非洲，不免怕怕的。傳統中國人腦海中的非洲，大抵是野獸吃人，而不是如事實所證明：人吃野獸。尤其道聽途說，總以爲到一趟「蠻荒」，不傳染瘧疾，也免不了弄一身莫名其妙的寄生蟲。說服她費了不少口舌。蒙巴薩之遊是他們抵非後第一次出城行動，我估計英國人辦理的雙魚酒店，設備一流，乾淨明亮，對克服「恐非病」，必然是對症下藥的選擇。

父親的問題不料更加複雜。

固然也喜歡到處觀光，父親那一年已經六十六歲，退休生涯過了五、六年，長期生活在一種難以言宣的寂寞中。他剛過六十便爲形勢所迫，自動退出官場，原因自不只一端，但主要還是因爲我參與保釣上了黑名單。他曾經說：退休前，中央黨部的官員找他談話，把我編的那本《戰報》甩在他面前：「看你兒子在海外做的好事！」父親不受威嚇，還頗有幾分得意。「那種毛頭小夥子，坐直升機上去的，連禮貌都不懂，我入黨的時候，他恐怕還乳臭未乾呢……。」然而，父親的仕途，也就爲此終結。

退休的父親，不時參加台灣逐漸流行起來的國外旅行團，東南亞、澳洲、西歐幾乎跑遍，別人都以爲他過得逍遙自在，他自己也很少對人吐露，只三番五次寫信給我，一再重複

「再不去，恐怕來不及了。」

父親的問題，在當時的歷史情境中，確實很難解決。大陸文革剛過，四人幫雖被捕，餘孽猶未完全清除，尤其是毛澤東「喚醒」的億萬紅衛兵和所謂的工農兵學員遍布全國各地的不同工作崗位，大局形勢縱然驟變，腦袋裡的思維方式依然活躍。特別是父親一心想去的我們老家，是中共早期革命根據地，他們叫做「老區」。老區的黨組織，不論中共怎麼改，一定表現得又紅又左。貧窮落後還無所謂，父親一生也吃過不少苦，又紅又左便有點危險，無論如何，追根查柢，他年輕時代在家鄉跟AB團打過交道，做過縣議會議長，跟所謂的「土豪劣紳」也一定免不了有過來往。加上四十年的國民黨黨齡，又在台灣政府機關幹過二、三十年，雖然他是國民黨內所謂的「建設派」，一輩子做的都是有益社會的造橋鋪路和水利工程，他身上所帶的標籤，在極左分子眼中，絕對罪大惡極。

此外，即使偷偷跑一趟大陸不出紕漏，從深圳出來後，怎麼再安全返回台灣？台灣的解嚴，還是十年以後的事。

但是，實在拗不過他，我只能勉力安排。

終於通過中國駐聯合國環境規畫署的代表，獲得中國駐肯亞大使的邀宴。

王大使是鄂豫皖根據地打游擊出身的軍人，為人直率爽朗，跟父親談到抗戰時代的野史佚事，酒酣耳熱，特別投機。那天在座的人不多，因爲事關保密，我曾要求避開任何無關的外人，不過，我記得，除了曲代表，後來當了駐美大使又升任外交部副部長的李肇星也在座，當時大概是一等祕書。

我完成不了的任務，卻靠王大使給解決了。他的爽朗笑聲有一種讓人深信不疑的說服力，他說：「老先生的心意我們理解，中央政策也歡迎，只是要有點耐心，再過兩三年吧。」其實他只說了這麼幾句，父親就改變了計畫。他的最後心願，一直到一九八七年台灣正式解嚴前三個月才實現。

住在雙魚酒店的父親，是還沒有見過王大使的父親。每天起早傍晚，隔海望著東方，我知道他心裡想著什麼。

我沒有別的辦法，只能按照計畫帶他們玩。除了早晚在沙灘和海水裡活動，我們每天跑一個景點。第一天參觀蒙巴薩港口邊的耶穌堡（Fort Jesus），是荷蘭人於一五九三年爲了保護通印度的航道，抗拒土耳其與荷蘭人的侵犯，請義大利建築師設計建造的十六世紀義大利風格的古堡，一九六〇年改爲博物館。館內收藏，除古砲廢彈外，還有印度石匠的浮雕、爪哇木箱、基爾曼波斯地氈（Kirman carpet），和明清瓷器。父親對異國文物視若無睹，唯獨故國古瓷，每一件仔細觀察，結論是：跟景德鎮比，還是粗。

第二天北行，先看格迪（Gedi），十二到十七世紀先後建造的古城，其中有宮殿、清眞寺和民居。這片遺蹟應該是了解東非海岸斯瓦希里文化（Swahili Culture）的第一手實物，父親也無動於衷，直到再往北開，到了三保太監曾經停泊的馬林迪（Malindi），才又開始打聽詢問。

最後一天驅車沿海岸南下，直抵坦桑尼亞邊境的龍架龍架（Lunga Lunga）。沿路，只聽見父親大人從後座不時傳來的鼾聲。

雙魚酒店四天三夜，應該是我一生最快樂的一次旅行，三代同堂，我成爲承上啓下、控制局面的主腦人物，我的唯一責任就是給他們提供快樂。我相信他們是快樂的，孩子們直到今天都忘不了珊瑚礁淺海中尋來的橘紅草莓貝殼和形形色色滿地亂爬的寄居蟹。此後十年，兩老的電話通信，也每每提到印度洋濱火紅的日出。

我的快樂，卻只能從他們的記憶中拾回，因爲，當時的我，毫無自覺。

納庫魯湖

對我來說，平生第一次秋覺與霜凋楓晚以及落葉與年齡都沒什麼關係，但我忘不了那一片紅，納庫魯湖（Lake Nakura）上數以百萬計的大小火烈鳥（flamingo）在奇山異水與環湖遍生的刺槐林映襯下，彷彿生命即將到達極限，彷彿滿天夕陽接受了鬼斧神工的剪裁移置，無端墜落，貼在八千五百英畝的如鏡湖面上。

對我來說，平生第一次秋覺，彷彿與象徵凋零、肅殺和死亡的秋意無關，反而暗藏生機。

那是一九七六年的十一月底，遙想北國應已秋深，而南半球的雨季才將結束，氣溫仍在春夏之間，一個晴朗的星期天，我們全家，帶上老曲，從內羅比開車往西，經過大裂谷

(The Great Rift Valley)上蜿蜒曲折的懸崖峭壁，到車程三小時半以外的肯亞第一大鳥類棲息保護區去野餐。

老曲終於答應同遊，是那天的一個意外，在此以前，我曾多次邀請，均爲婉謝，這一次，我只是循例，並沒抱太大希望，他居然說：「好，也該散散心了。」

中國駐肯亞大使館的館址是一座深門大院的豪宅，文革期間，整個外交系統多少成爲造反對象，駐外單位也深受影響。內羅比的外交界當時戲稱大使館爲「圍城」(walled city)，因爲駐外人員深居簡出，不敢也不願與外界打交道，我曾經以華僑身分應邀到圍牆內作客，發現他們居然把英國人原建的紅土網球場整個挖了，改種蔬菜，據說是爲了打倒資產階級生活習氣，發揚無產階級自力更生的革命精神。一九七六年我剛到肯亞的頭半年，牆內人表情嚴肅，態度緊張，幾乎每天都把耳朵對準了短波收音機，一月八日周恩來癌症不治逝世後，四人幫的氣焰日益囂張，國內不斷傳出王洪文民兵組織積極備戰的小道消息，住在大使館內的老曲，不要說外遊，連到我家便餐都不敢不帶機要祕書。

我一向做人忌諱與做官的人來往，老曲是唯一的例外。所以成爲例外，首先是他的書卷氣，其次是他的坦率認眞。老曲山東人，我的朋友中，山東人特多，交往每能持久，似乎生來有緣。抗戰期間做過地下抗日工作，老曲後來跟隨陳毅的新四軍部隊南下，負責接收上海的電影事業。「我知道他們的生活習慣不好，但我對他們很寬鬆。人的改造最難，要有自覺，要有耐心……。」他說。

西方人有個說法：「有人的面孔的共產黨員（Communist with a human face）」，我第一次在老曲身上得到印證。南開大學畢業，雖然做了二十多年官，經歷了翻天覆地的文革，老曲除本業外，最入迷的還是傳統中國的文人書畫。我書房裡的兩張鄭板橋拓片，就是他送的。一九七五年四月，聯合國環境規畫署在內羅比舉行理事大會年會，我奉命出差，第一次在張文藝家見到他。那天的宴會，場面不小，除紐約總部的出差人員，還有當地的華僑。一位紐約來的極左派以爲見到了正牌紅色戰士，趨前搭訕：「中國是人類環境保護的樣板，應該組織美帝蘇修派人到中國去參觀學習……。」老曲面孔一板：「你哪裡知道，中國的環保工作才起步，問題多極了，複雜得很……。」旁聽的我，不免一震。

一九七六年三月，我終於下決心脫離是非太多的紐約生活圈，申請調差，四月起，因爲工作上的經常接觸，開始與老曲時有往來。老曲可以說是中國環境保護之父。一九七二年聯合國第一次人類環境會議在斯德哥爾摩舉行，老曲擔任中國代表團團長。一九七四年，文革後期，風聞江青要請他出任要職，幾乎嚇破了膽，爲了避難，遂自動請纓流放，躲到內羅比來，做中國的環境規畫署常駐代表。

那一段日子，不僅牆內人神色緊張，我、張文藝和李我焱三人，固無身家性命、事業前途之憂，但對中國大陸的政局動盪，也不免事事關心。內羅比雖然是黑色非洲最現代化的城市之一，資訊頗不靈通，別忘了，那個年代，不要說電腦網路，連傳眞機都沒有，最先進的通訊工具是現已逐漸淘汰的電傳（telex），肯亞本地的報紙與電視相當落後，連國內消息都語焉不詳，不要說遠在天外的中國。唯一可靠的報導是歐洲版的《紐約時報》和《華盛頓郵報》合刊，刊名《先驅論壇報》(Herald Tribune)，要一個禮拜運達，環境規畫署閱覽室可以看到。幸好張文藝交了一位美聯社的朋友，緊急時，我們便去他的辦公室看telex。

七月二十八日唐山大地震之後，大陸形勢日益緊繃，內戰一觸即發，我們也不斷找美聯社的朋友打聽情況。

我記得十分清楚，九月十日下午三點鐘左右，正在喝咖啡，李我焱匆匆跑進來，滿臉狐疑。「好像出了什麼大事，」他說：「大使館的人守口如瓶，打聽不出任何消息……。」老曲那幾天也不見人影，連重要的會都不出席。

兩天後的晚上，終於從美聯社證實，毛澤東於九月九日上天去見馬克思。

我們三個保釣遺孽，當天晚上跑去希爾頓大酒店，狠狠喝了幾杯。

老曲要過一個多禮拜才露臉，他的臉色和神態，完全恢復正常，恐怕還在四人幫被捕以後（十月五日）。

那天的野餐，氣氛就更加正常了。閒談中，他已經透露了歸意。果然，一九七七年他回了一趟北京，請名家刻了一方閒章「赤道歸來」，我喜歡其中的弦外之音，後來用作一篇文章的題目。老曲回中國後，全力投入環保事業，擔任過環保局局長，退休後出任人大常委會環保小組組長並獲頒聯合國最高榮譽的國際環保獎。

我那天的心情與老曲不大一樣，他的祖國我回不去，也不想去，我一心只在火烈鳥身上。

火烈鳥是一種逐水草而居的熱帶候鳥，非洲出現的一共兩種，體型大的像鶴，叫大火烈鳥（greater flamingos），小火烈鳥（lesser flamingos）像鷺鷥，羽毛則遍體從淡紅到深紅，遠望似通體燃燒，所以有火烈鳥之名。其實這種鳥素食維生，群居群飛，性情極為溫和，往往成為肉食猛禽的食物，甚至岸上活動的狒狒也學會涉水捕食之。納庫魯湖的火烈鳥以小種為主，牠們經常在縱貫千里的大裂谷沿線各湖泊追尋藍綠藻。藍綠藻（blue-green algae）懸浮水中，小火烈鳥用演化成漏斗形的巨喙在水面一、二吋處進食，大火烈鳥的進食方式有如鴨腳朝天，鑽入淺湖湖底捕撈。

納庫魯湖棲息的火烈鳥紀錄曾達三百萬隻，成群飛行過境的一次可達二十五萬，當牠們鋪天蓋地降落湖面或振翼轉移陣地時，那一片火紅的景觀何止震人心弦。

望著這一群表面火烈內實細軟的族類，忽然覺得內心多年累積無從化解的一粒頑石，像太陽下的冰塊，奶油般融化了去。

文學的需要，藝術的需要，終於甦醒。

在荒蠻萬里的非洲，於無聲處，我隱約聽見煙火灰燼中鳳鳥冉冉升空的樂音。

恩哥郎哥洛

一九七七年七月中旬，老孫老李和我，三家老小共十四口，有過一次「遠征」。老李是這次行動的策畫人，凡有關這次旅行的一切大小事宜，都由他一把抓，他到肯亞已經三年，情況比較熟悉。那時候，往鄰國坦桑尼亞跑一趟並不容易，兩國之間交惡已久，幾乎開戰，坦桑尼亞一度封鎖邊界，美國與日本必須通過外交途徑，派包機到達累斯薩拉姆接僑，目前邊境雖已重開，緊張氣氛不減。

除了這個因素，三個男人都拖家帶眷，我的老父老母還特地從台北經紐約飛來，這樣一個隊伍，雖然目的不過是觀光，出發前夜，心理上竟感覺有如遠征了。

遠征行程分三天，清晨從內羅比出發南下，經過邊境小城納曼加（Namanga），然後沿乞力馬札羅山西側入坦桑尼亞國境，當晚抵達坦桑尼亞北疆重鎮阿魯沙（Arusha）。

第一天有驚無險。

最難忘的是納曼加小停觀賞馬賽族（masai）舞蹈。

東非一帶的馬賽族遊牧民族是不承認任何國界的，他們至今保留傳統的生活方式，逐水草而居。身上纏一塊紅布，手持標槍，馬賽族戰士身材修長，性格慓悍，傳聞獅子野獸遠遠聞到他們的氣味便知走避。在熱帶稀樹乾草原上，紅衣人趕一群牛羊走過地平線確實是難忘的奇景。老李曾說過一個故事。有一次開車經過東非大裂谷（The Great Rift Valley）草原，忽見公路邊上出現一名伸出大拇指要求搭順風車的馬賽族人，接上來一看，原來是個披紅衣的日本人類學研究生。此君深入馬賽族中做田野調查五年，此時學成，準備回國寫論文。可怕的是，日本人上車帶進來成百上千的蒼蠅，因爲他同吃同住同勞動，五年下來，滿身腥味。馬賽族人的主要食品是牛肉、牛血。通常在牛頸附近開口取血，凝結後食用。

也許因爲長期生活在草原上，馬賽族的舞蹈極具特色，與其說是舞蹈，不如說是舞踊，其基本動作主要是原地向上跳躍，同時由胸腔發出低沉而帶有威脅意味的吼聲，聞之動容。草原上的跳躍應該是一種重要的生存手段，不但藉此擴展視野，而且可以想像，長期鍛鍊必然有助於腿力發展。

第一天的一驚發生在過境檢查的邊防站上。

坦桑尼亞是實行烏札馬社會主義（Ujamaa Socialism）的國家。所謂烏札馬，是尼雷爾總統（Julius K. Nyerere）於一九六一年十二月正式獨立兩個月後宣布的「建國大綱」。遠征前我在書攤上買到一本尼雷爾的著作（Ujamaa, Essays on Socialism），略讀一過，當然希望藉旅行之便稍稍體會非洲社會主義的眞實面。尼雷爾的學說很簡單，說穿了就是想利用農村傳統的自助互助制度推行現代化。他說：「對於我們非洲人，從來認爲土地屬於集體所有。土地只有使用權，外國人帶來了土地當成商品的觀念。土地據爲私有不必加以利用……造成了土地的投機取巧、浪費和不合理，這種外來制度必須廢止……。」烏札馬實行後，一切土地大小企業全部收歸國有。尼雷爾預言：「烏札馬社會應該照顧到每一個人，只要樂意工作，不必爲明天發愁，不必累積錢財。社會照顧他，照顧他的寡婦孤兒。傳統的非洲社會從來如此……無論食物還是個人尊嚴，沒有人挨餓。這是過去的非洲社會主義，也是今天的社會主義。」

一通關便發現「烏札馬」也許又是一個美麗動聽卻未必可行的謊言。負責官員好像不太願意跟你講話，也不查證件蓋章，時間在這裡彷彿沒有意義，反正，你急我不急，直到我們已經進入心理上的投降狀態，才有個口信傳出來：「十四個人，必須換一千四百元美鈔！」

幾經交涉，而且亮出了聯合國發給我們請各國關卡禮遇的通行證，才勉強以一千美鈔成交。閉關自守造成坦桑尼亞的經濟停滯，外匯奇缺。官價與黑市匯率相差三倍有餘。我們的美金當然以官價兌換，其中的差額便是買路錢。

社會主義道路確實不好走。從內羅比到納曼加，行車不到三小時。從納曼加過境到阿魯沙，距離不相上下，走了八小時，社會主義國家的道路，路基縮小一半，路面千瘡百孔。

第二天和第三天的旅程好像純為旅遊，與社會、政治無關，但又始終感覺若即若離。舉例說，兩天的早餐都沒什麼選擇，除了雞蛋，還是雞蛋，雖然我們住的也是觀光旅館，收費標準與肯亞不相上下。但也不能說完全沒有選擇，侍者（或者應叫服務員？）會小心翼翼記下，你要的是蛋白蛋黃攪拌的炒蛋，陽光面朝上或兩面皆嫩的煎蛋，還是三分鐘半生不熟的煮蛋。

從阿魯沙向西南，半天行程進入曼雅拉湖國家公園（Lake Manyara National Park）。這地方天然條件不錯，但遊客稀少，主要原因也涉及政治。坦桑尼亞因為走的是反殖民主義的道路，開發觀光事業先天上有思想上的矛盾，然而，外匯又不能不要，因此忸忸怩怩走了個半開放的路，除少數重點外，多數天然資源棄而不用。曼雅拉不在重點之內，可是它確實有自己的特色。以大裂谷的高牆為界，面積一百二十平方英里，境內有原始森林、大片草原、沼澤地和蘇打湖。蘇打湖水質含碳酸鈉、藍綠藻豐產，因此也是大批候鳥移徙路線上的棲息地，其中包括羽色粉紅的火烈鳥。最奇特的是緣湖生長的合金歡屬刺槐，由於水分不缺，大多平面生長，這一帶的獅子因此養成了上樹睡覺的習慣。

第三天一路向西，終點即這次遠征的目的地賽倫蓋堤國家公園（Serengeti National Park），這裡是坦桑尼亞高度重視的第一號觀光點，面積五千七百平方哩。每一年的五、六月到十一月間，大草原上的動物群開始西移，尋找水草。著名電影《角馬一年記》（A Year of the Wilderbeeste）記錄的就是這數以百萬計的草原動物民族大遷移。觀眾大概忘不了片中成萬角馬過河鱷魚守株待兔的慘烈鏡頭。據傳說，每到那個季節，角馬、斑馬、各色羚羊的屍體塞滿河道，河水全變成血水。

拖家帶眷的三家中國人，不可能盡興暢遊賽倫蓋堤，遂決定集中精力看恩哥郎哥洛。

恩哥郎哥洛（Ngorongoro）是個已然死滅的大火山口，位於賽倫蓋堤東緣，是個天然動物保留地。野生動物一旦落入這個「溫柔陷阱」，由於四面高地的天然屏障，很少再跑出來，因此形成了一個獨特的自然循環生態，彷彿到了牠們的桃花源。遊客必須乘坐旅館提供的越野吉普車（Land Rovers），只需花半天時間，運氣好的話，所有想看的動物都看得到。

老孫是我們中間的名攝影師，他的志願是完成一個東非所有野生動物的整套寫生組合

（Portfolio）。恩哥郎哥洛半日遊，給了他一個集中創作的絕好機會。老李兩天來對坦桑尼亞沒一句好話，早餐經過卡拉弗附近的鄉道，車子陷入泥坑，得靠三家老小前拉後推滿身泥水才告脫險，這時一句抱怨的話都沒有了。

我的恩哥郎哥洛經驗則連上了非洲牌社會主義烏札馬。尼雷爾是個英國留學生，主修哲學，我直覺他的烏札馬就是恩哥郎哥洛一樣的香格里拉。把洋鬼子、外來政權和他們的罪惡全用民族主義擋在火山口外，本土主義烏托邦不可能不實現！

這樣的故事，好像聽過不止一次，也好像不限於坦桑尼亞，不限於中國大陸……。

多花金鐘

一九七八年從非洲回紐約，託運了五種肯亞蘭花，於今碩果僅存一株，學名叫Polystachya bella，去年（對，是去年了）十二月還開了花，花梗五枝，每枝著花九至十七朵，擺在桌上，雖窗外無雪，但對枯林寒天，意緒牽惹，在所不免。

這盆花，在我手中好歹也過了不止二十寒暑，其中經歷，不乏物換星移、冷暖滄桑，居然還維持它的生命力，不能不肅然起敬了。尤其，當年採集到它，那幅圖畫，更是歷久彌新。

我給它取名「多花金鐘」，根據的是字源。

屬名 Polystachya，拆開來看，poly 即希臘文「多」的意思，stachys 的意思是花穗，或作穗狀花序。兩者合一，這個蘭屬的命名即根據這種植物一梗多花而花序成穗狀的習性。在蘭花王國裡，多花蘭屬並非小族，分布在中南美洲、澳大利亞、新幾內亞、印尼、菲律賓和馬達加斯加等地，非洲則撒哈拉沙漠以南多有發生，但個別種的分布往往局限於小範圍。像我手中的這株，除肯亞西部克里喬（Kericho）一帶，別處均無記載。

種名 bella 應指花形。花初開色淡黃，日久益深，萎謝之前成金黃。由於唇瓣異於常態，從兩片成對的側生花萼中突出（園藝學上叫做 non-resupinated（非翻轉的）），而萼片頂部相連，加上伸出的蕊柱，因此整體形狀如倒掛金鐘。盛開時，假球莖頂端葉片中向上伸出的花梗上，便像掛滿了半英寸大小麥穗一般的一串串黃金小鈴鐺。

多花金鐘爲著生蘭類（epiphytes），一般生長在大樹枝幹分叉處。這個地方，有點像鳥築巢，上有樹冠遮風避雨，正午灼熱的陽光不到，又方便收集過濾光、零星雨露以及腐葉鳥糞蟲屍，實在是個理想的安家落戶之處，何況，因爲樹上沒有土地，與之生存競爭的其他植物便大都淘汰了。這個生境，有人讚爲蘭科植物進化過程中的「天才」選擇，我倒並不十分心服，因爲地生蘭類（terrestrials）如中國人偏愛的蘭蕙（溫帶 cymbidiums），多生長在疏林斜坡的向陽背陽地帶，一樣享有優勢，尤其因爲發展了獨特的香味，加上種子體輕量多，隨風飄蕩，總能在樹林與草原銜接處找到大片生存空間。

不過，由於著生蘭類的生境似在空中，與人類頭腦中植物與土地相連的觀念相迴異，往往激發想像，產生了許多故事。

最美麗的傳說是紐西蘭毛利族人（Maoris）口耳相傳的一則寓言——

宇宙混沌初開，唯一看得見的是最高最高的雪山，時間慢慢推移，太陽融解了部分雪峰，化爲懸崖絕壁奔瀉而下的萬丈飛瀑。時間慢慢推移，瀑布化爲河川溪流，流過了山谷、平原、匯入大海。海水因爲太陽的熱力而蒸發成雲霧，雲霧遮蔽了太陽的視線。有一天，太陽不高興了，因爲他看不見大地，於是下決心把雲霧擊碎，天空因此出現虹霓。

虹霓出現後，炫麗的色彩吸引了無數神祇和精靈，他們從天空每一個角落鑽出來，爬到虹橋上俯看大地，這景象實在太美妙了，禁不住齊聲歡唱，歌聲遠颺吸引了更多精靈神祇，全部跑上了虹橋，終於不勝重負，虹橋垮了，粉碎成無數細小閃亮的彩色鑽石向地面墜落。大地原來只是褐黃、青綠、深藍三種呆板的色塊，植物還不會開花，海洋則鎮日翻騰。虹霓粉碎後，大地每個角落都歡呼迎接彩色繽紛的鑽石。當片片彩虹飄降時，大樹張開了枝椏，落在那裡的彩鑽，從此著生，化成了蘭花。

我的多花金鐘的確像一串串天外飛來的彩虹。當年採集它，那經驗也像天外飛來。

那一天，老孫、老李和我，三家人六大六小一道出遊。我領路，目的地是肯亞西部克里喬附近的茶葉招待所（Tea Hotel）。所以譯茶葉招待所而不叫它茶旅館或茶酒店，是因爲後來開始對外營業的這家非觀光性質的旅館，從二十世紀初便是個專門招待歐洲茶商的客棧。英國人殖民肯亞，到十九世紀九十年代，發現西部平原地區的地形、土壤和氣候條件很適合茶樹生長，遂開闢了大片農場種茶。那天也是事有湊巧，領路的我糊里糊塗迷了路，雖迷路，卻未驚慌，反而留連窗外不同尋常的景觀。旅居肯亞的外國人，活動範圍大抵不出大城市區和觀光勝地，窮鄉僻壤難得一見。而出現在我眼前的，正是這樣一個看來與世無爭的小農村。

村子入口處，有一棵參天大樹，只記得是株闊葉喬木，身分不明，樹的形狀與姿態十分精采，盤根錯節扒在一條小溪溪岸上，主幹大概有三人合抱粗細，但樹身不高，站在車頂上便可以爬上去。分枝主要是橫向發展，因此覆蓋面積相當驚人，三部汽車都停在樹蔭裡，還可以沿溪岸草地鋪上毯子，布置野餐。

事發時，六個大人都在樹蔭下工作，老李在分滷蛋、雞翅膀，老孫忙著分飲料，我坐在草地上看地圖找路。一個孩子忽然從大樹上跳下來，衝到我面前，手中捧著一堆植物。

「劉叔叔，這是什麼？」

那是一九七七年十一、二月，我們三家人早就成爲肯亞蘭協的會員，每次出門必順便尋找土生蘭幾乎成了習慣，所以當小孩問我「這是什麼？」的時候，他的意思就是「這是什麼蘭花？」

我一看自然喜出望外，因爲此行目的之一就是要找 polystachya bella。十一、二月是它的開花期，比較容易發現，也比較容易鑑定，但我們心目中總認爲要先在旅館安頓好，第二天再往深山野地去尋，料不到竟就在盧奧族人（Luo）聚居也許有幾百年歷史的村落附近，這麼容易就發現了它的蹤跡。而且，那棵百年老樹上，各處枝椏間，粗略估計，成堆成堆的假球莖，可能上千。

於是，顧不得野餐，大人小孩都上了樹，有的拿照相機，有人拿米打尺、筆記本。下個月的蘭協聚會，中國人可有一份材料充實的實地踏勘報告！

就在我們忙得不可開交的當兒，回首下望，從村子裡面沿小路到溪水兩岸，只見一片黑鴉鴉的人群，男女老幼，摩肩接踵，可能一村子裡的人全部傾巢而出。我想，他們要看的肯定不是幾百年來習而不見的多花金鐘，大樹上六大六小黃皮膚黑頭髮的中國人才是今古奇觀。

我記得，肯亞蘭協創始人之一的皮爾斯醫生曾經說過：「蘭花之所以吸引我們，是因爲它是那種美得出奇的高貴生物，而且，絕對毫無用處，而人生最珍貴的東西，往往都是毫無用處的。」

人生旅途匆匆，卻總有幾個圖像，不時閃現，雖然當時渾然不覺，似乎了無深意。面前這缽多花金鐘，喚起的正是這個，彷彿印證了皮爾斯醫生的話。只不知大樹上的十二個中國人，在茶村的盧奧族人中，究竟喚起了些什麼。說不定，像毛利族的寓言一樣，一個新的故事，正在流傳……。

安娜和她的園丁

我的家庭成員，在非洲那三年，一度膨脹到九人，除了名正言順的一家四口，我名下還有安娜、亨利和安娜的三個孩子彼德、雅斯培和保羅，如果再加上那條受盡孩子們欺負與溺愛的小爛狗索爾，就是十口之家了。這是我一輩子登峰造極的大家長時代。

怎麼弄出這麼一大家子人，跟後殖民時代初期的肯亞社會轉型有點關係。

那個時期，英國和歐洲殖民者不少人棄守回國，接收房產的肯亞新貴，出租時往往附帶一定的限制與條件。

價錢倒不是問題。受雇於外國公司或機構的所謂 expatriate（外僑），一般都有生活津貼之類的補助，七十年代的肯亞獨立不久，生活水平仍低。一幢四房兩廳外帶僕人房占地一英畝的花園洋房，如我在 Argwins Kodhek 路上找到的那一幢，要價不到三百美元一月，雖位於郊區，但上班、進城開車不過十五分鐘，又有園林之勝。如此價廉物美，我當然立刻便答應了，但簽約時有個條款，房客必須連房子帶管家和園丁一併接收，以保證房屋與庭園歷久常新。

我平生從來不習慣使喚傭人，要我接收安娜與亨利，有點爲難。然而，面對肯亞新崛起的統治階級，容不得我們討價還價。家門口的這條路，據說是開國之君肯雅塔總統紀念毛毛運動的功臣 Argwins Kodhek 將軍命名的，而地下流傳的消息卻說，暗殺這位將軍的，正是總統的手下。

房子本身沒什麼特色，不過窗子開得多而且大，室內經常陽光耀眼，四面通風，讓人老想走到外面去。

外面其實是菁華所在。這片園林的規畫經營，出自一位英國老太太，即使我當時還不很內行，也可以感受到那種長年心血貫注所培育的園林成熟之美的風貌。

由於地處熱帶，園林的主材選用向陽耐旱的劍麻屬、仙人掌屬和多肉汁植物（succulents），草地與園道之間，多已繁衍滿布，壯碩凸出者，不下兩個人高。內羅比終年氣溫在華氏六十到八、九十度之間，一棵老態龍鍾的石榴，經常結實纍纍。火焰樹的枝枒間、樹皮上，則扒滿了各種土生蘭科植物，園東一片胡椒樹成了林，不時有各種變色龍（chameleons）出沒……這是熱帶風光的一面。

老太太也許始終有思鄉病，所以又布置了一個植有蘆葦、鳶尾（一稱蝴蝶花）、水藻與睡蓮的金魚池，還有一個玫瑰圃，占據了陽光最好的中心位置，不啻畫龍點睛。

內羅比栽培玫瑰，像洛杉磯，一年到頭生長不息，因此三年期間，切花供應不斷，但只有一個品種。花色紋理很像大紅系列的優種茶玫瑰名種「林肯先生」，但尺寸略小，花瓣數較少，我相信是「林肯」前輩，因它面世在一九六四年，而這批老玫瑰至少也有二十年以上的歷史。既然身爲園丁，本以爲亨利至少該有點基本常識，事實不然，他老兄一竅不通。有一陣，玫瑰受日本甲蟲襲擊，亨利怕蟲不敢碰，孩子們又經常在園子裡玩，不好用殺蟲劑，最後還是自己想出辦法，用紙袋置於下方，輕輕一撥，甲蟲便一一掉入袋中。原來這種甲蟲的逃生習性特別，一受驚先下墜，再展翅。

我這個家長可是名副其實。安娜的兩個大小孩，彼德和雅斯培，官方文書上，都姓劉。肯亞法律規定，小孩跟父姓，但彼德與雅斯培的生父，分屬兩人，均不知所終。第三個孩子保羅是跟亨利生的，因不到上學年齡，有沒有姓都無所謂了。

三個孩子的名字都來自聖經，你必然已經猜到安娜是篤信基督的，然而，必須說明，基督教的意義，對安娜而言，跟我們的了解不太一樣，信教不是靈魂需要，也不是爲了社交。對安娜而言，信基督教表示一種標籤，帶上了這種標籤，便可以取得肯亞原統治階級的某種信任，便打開了一條求職的生存道路。安娜的靈魂，還是百分之百的基庫尤族，她三個孩子都是跟我住的那幢房子先後不同的三個園丁生的，這個事實，對我們所謂的基督徒而言，可能造成不小的心靈壓力，但她毫無罪惡感，她享受她有過的每一個男人，她享受她每一個孩子，跟大自然一樣自然。

跟男人好、懷孕、生育，這一切如此自然，自然到彷彿不當一回事。保羅出生前，我們根本不知道她跟亨利好了，也根本不知道她懷孕了，她每天照常上工下工，每天照常微微笑，有一次我們全家薩伐旅，出門兩個星期，回到家，保羅已經生下來了，母子均安，第二天，她又笑瞇瞇上班了。

跟基庫尤族強悍穩實的婦女相比，基庫尤男子弱多了，亨利便是個活例。

所謂的園丁（gardener），在英國人的語彙中，是個很有些分量的字。我記得一次應邀參加一個英國人的園會（garden party），主人介紹一位朋友出場，提到此人在政界的豐功偉績，眾人面無表情，一說到他「又是個有成就的園丁」時，大家立刻刮目相看。可我們家的亨利卻徒具虛名。

亨利一天只有三件事。

最重要的任務應該是修整草地和收拾枯枝爛葉，至少維持個表面乾淨，好讓房東偶然突擊檢查不致過不了關。但他經常睡大覺，難得起勁也不過提把大砍刀（panga）東甩甩西砍砍，而且絕不做分外工作。大門外的人行道幾乎要草長鶯飛了，他還是藉口那是市政府的管轄範圍，拒絕服務。

第二件工作他比較盡責。花園面積大，肯亞又乾旱，每年雨季不過兩、三個月，雨量十分有限，非本地植物，除了天性耐旱的，都得經常灌水。好在這件工作不太辛苦，提著水管到處走走便行。亨利尤其喜歡用水管沖洗汽車，自動自發，完全不必指揮。我剛到肯亞便發現家家私用轎車都嶄亮如新，後來才明白，原來家家有園丁，家家的園丁最喜歡的工作，便是沖洗汽車，涼快嘛！

亨利還有一件工作，熱誠更高。原來搬進新居不久，我們家老大便發現了一條變色龍，此後就成了亨利每天的例行任務。老大上學前一定仔細關照，放學回家第一件事便是聽亨利匯報戰況。變色龍出現最頻繁的地區是那片胡椒樹林，尤其是胡椒結子那段時間，強烈的氣味吸引了大批昆蟲，獵昆蟲維生的變色龍就趴在枝葉間進行伏擊。

變色龍確如其名，黃褐色的枝條上，牠就變成黃褐色，樹葉中間，牠就成了綠色。這生物的動作極爲緩慢，捕獵全靠眼睛和舌頭。兩隻眼睛各可轉一百八十度，舌頭又細又長，伸捲自如，快似閃電，舌尖一泡黏液，昆蟲一沾上便脫身不了。亨利的任務是只看不抓，因爲基庫尤族有個神話，相傳人類原來長生不老，上帝把避免死亡的信息交給使者變色龍，因爲牠行動遲緩，消息傳到時，人類已無法逃避死亡。這麼恐怖的東西亨利當然更不敢碰，好在牠們行動慢，即使等到小主人放學回家，也一定可以在一、兩呎附近找到。

有一段時間，鐵絲籠裡養了幾十隻變色龍，餵食成了件苦差事，尤其是家裡沒有胡椒樹的老孫，他兩個兒子從我家老大得了這個寵物，每天得在大太陽底下送牠們到垃圾箱那兒去找蒼蠅！

離非前一年，爲了替亨利找條出路，我送他上駕駛學校學開車，又花錢送紅包，讓他考過駕駛執照，但他始終找不到工作，只得介紹他給別的朋友繼續當園丁，安娜和三個孩子也跟著。可是，一年後，朋友來信，說亨利得了肝病，死時才二十九歲。而安娜，不，我不擔心安娜。

聖經說：柔弱的人，你們將繼承大地。在肯亞，我相信，這「柔弱的人」，便是女人。

山布魯途中

旅居肯亞三年，跑過的地方不少，有些地方還不止一次，然而，人的腦子很奇怪，常去的地方並不一定值得懷念，往往，偶然碰到的，反而不易忘掉。我要說的不是山布魯野物公園（Samburu Game Park），而是去山布魯途中羈留兩夜的一家客棧。

從首都內羅比出發，往東北方向走，如果不休息，即便路況不好，七、八個小時應該可以開到山布魯，因爲全程只不過兩百十四英里。這個走法，計畫這次旅行的老李說：「沒什麼意思，而且，三家都有小孩，這麼跑，太累了。」

同行的老譚也主張：山布魯沒什麼東西，一天一晚足夠了。其實，後來發現，山布魯也不是「沒什麼東西」。但因我那時剛到非洲不久，自然還是尊重識途老馬的意見。

不料他們「隨便找個地方落落腳」，卻讓我意外見識到這家純英國風格的小客棧，以及小客棧上面的大千世界。

內羅比到易希奧羅（Isiolo，即山布魯附近的市鎮）之間，其實有不少地方可以落腳。東非觀光採英國制度，旅館從A到D分為六級。Nyeri和Nanyuki都有設備A級的旅館，公路中點站還有一家好萊塢影星威廉·荷頓開設的A級國際大酒店，以我們的收入和肯亞的消費水平而言，負擔並不太大，但老李卻選了個B級客棧，他的理由是：就在山腳下，遊山方便。原來他計畫的山布魯假期，還包括一座肯亞大山。

讀過Alan Moorehead的經典傑作《白尼羅河》（The White Nile）的人都知道，十八世紀以來追尋尼羅河源頭的歐洲人，一直盯住非洲的兩大高峰。最讓他們陷入迷思的莫過於離赤道線不遠的這所謂的日、月二峰居然有終年積雪的現象。日峰即乞力馬札羅山（Mt. Kilimanjaro），拔高一萬九千三百四十呎，不但山帽經年積雪不化，遠望有若放大三倍的富士山，實地登山的人，還得克服冰川的障礙。月峰就是我們下榻第二天上午計畫一遊的肯亞大山（Mt. Kenya），拔高也有一萬七千零五十八呎（巴田峰，Batian）。除山峰積雪外，從平地向上，依海拔高度不同，可以觀察到熱帶、亞熱帶、溫帶和寒帶的不同植被風貌，特別是高地沼澤區生長的巨型歐石南（giant heather）和寒帶常青針葉雲杉林，枝葉上垂掛萬千條濕潤欲滴的西班牙水苔條（Spanish Moss），霧中望去，恍如鬼域仙境。

出發前曾到內羅比大學圖書館找到法蘭克．皮爾斯醫生一九五一年版的《東非蘭科植物》，注意到第八十一頁記載的一種地生蘭（terrestrial orchids），連一萬呎以上的沼澤雪水裡都可以生存。心中存著這個意念，登山時不免四處張望，果然在一萬呎左右的高沼地（moorland）發現它的蹤跡。八、九月是肯亞的「冬天」，卻正好是Disa Stairsii的開花季，由於花的顏色鮮艷醒目（粉紅帶紫），花梗突出植株一呎有餘，開花季節找它並非難事。沼澤地的水，也許是多年累積的腐殖植物作怪，其溫度與顏色，信不信由你，簡直就像冰鎮酸梅湯。

Disa Stairsii這種蘭，我遍查群籍，始終找不到中文譯名。勉強推測，Disa的拉丁字源可能是DIS，意爲二分。植物的拉丁命名，往往來自花的特徵，這種植物的花，有兩個對分的萼片，體型特大。至於Stairsii，也許與發現者的姓名或命名者選擇紀念的人名有關。用這兩個字源選中文譯名，恐怕難以傳達這種稀有蘭花的精神，或者就用雪山蘭吧。

但Disa這個蘭屬，分布不限東非，東非有十二個種，都沒有商業價值，第一，因爲莖葉不夠奇特，又沒有假球莖（pseudobulbs），花也不夠炫麗。原生非洲南部的大花種（Disa grandiflora），英國的蘭專家Charles H. Curtis認爲是「所有蘭花中的神品之一」，號稱

「桌山之驕」。桌山（Table Mountain）為南非西南部的一座平頂山，俯瞰開普敦市和桌灣。第二，雪山蘭的生境，人間很難複製，移植平地幾乎不可能成功。也正是這些原因，即使現代觀光業無孔不入，無堅不摧，肯亞大山上竟能保留這一自然神奇。與之相反，台灣高山原生的一葉蘭，則已瀕臨滅絕的命運。

我們留宿三天兩夜的肯亞山客棧，就在進山公路附近的山腳下，經營者為一對英國夫婦，經營方式頗合我的口味。一般觀光飯店、旅社、招待所之類的經營管理，常走兩個極端，或者太親密，讓人感覺濃得化不開，彷彿被老婆抓住了把柄，無法脫身，遂陷入商業觀光的泥淖，遊興不免大減。另一極端則又過於疏遠，人入其中便得自生自滅，每一分錢都像給敲了竹槓。我所以用「客棧」這兩個字（原文為 lodge），跟老闆夫婦的風格有關，他們把一切雜務簡約到乾淨自理的程度，讓旅客盡量自由自在，享受他們付出巨大努力創造的周遭環境。客棧分為兩個部分，專業登山客集中在大廳周圍上下的床位，主人提供一切有關登山的設備與資訊，還有一個炭火永夜不息的大火爐。攜家帶眷的即興遊客則分住在一排小木屋內，木屋前，沿潺潺溪流，布置了連綿數哩的芳草地。這種草地與美國中產階級住宅區剪得地氈一般的草坪完全兩樣，它保持了草地的自然生態，不求整齊劃一，風吹蟲媒引進的各種野花雜草一概不禁，任其生長繁衍，因此，清晨或黃昏的溪岸散步，與之相比，我覺得日本京都大名鼎鼎的哲學家步道，猶如都市醜物。溪流裡放養了虹鱒，雖然允許溪釣，但英國主人不贊成美國蠅釣客慣用的假餌伎倆，因爲假餌的製作雖然也需要對自然進行觀察，但就漁釣這一運動而言，他們認爲帶有欺騙性。

最精采的莫過於溪流與芳草地之間的傍岸行樹。樹種大小、形狀和姿態的選擇與溪岸景觀配合得天衣無縫，彷彿它們自始便與溪流土岸岩石花草共生息。樹幹枝椏該有苔蘚地衣的就有苔蘚地衣，樹上著生的蘭科植物，我想我不說你也該知道，絕無現代商務推廣的人工改良奇花異種，全是帶點野味卻貌不驚人的本地土生品種。

盤桓兩天一夜的山布魯也不是沒東西可看。山布魯野物公園本身只有四十平方哩，但連上瓦索尼也洛河（Uaso Nyiro）對岸的野牛泉野物公園（Buffalo Springs Game Park），便有幾百平方哩的地方好跑。這裡接近肯亞荒涼的北疆，野物中最有名的是別地少見的葛氏斑馬（Grevy zebra）和錦衣長頸鹿（reticulated giraffe）。但眞正難忘的還是半夜守候花豹獵羊的經驗，尤其是三家的小孩，都在六歲到十歲之間，清晨兩點還無法趕他們上床。旅社在河對岸大片黑森林的邊緣地帶裝設了人造月光，月光下綁著兩隻若無其事的小羊。從玻璃窗後望出去，孩子們腦子裡首先出現的是幽幽河水裡躺滿了張牙舞爪的鱷魚，尤其在夜深後，人類活動的聲音漸不可聞，只聽見無邊黑暗中充滿原始恐怖的一片蟲鳴和不時傳來的淒厲鳥叫與獸吼，眼睛連眨一下都不敢，只生恐錯過參天林木陰影中一頭花團錦簇的野豹忽地躥出的剎那。

回內羅比的兩百十四英里全程，孩子們沒一個睜開過眼睛。過二十年再問他們非洲三年最難忘的是什麼，答案肯定是守候四小時卻終於失望的山布魯之夜。但我的答案卻不同，年紀越大，越想念那一片芳草地。

諜影

老孫的身世和身分，始終撲朔迷離。

他自己不說，他太太也守口如瓶，只透露了那麼一點點，說原來在一家百貨公司站櫃台，也許因爲他個性好，待人接物有分寸，就被一家大公司延攬了。

這一點，在美國經濟不死不活的七十年代，聽起來像神話。不過，誰也不好意思追根究柢，尤其是因爲老孫待人接物，確實謙虛謹愼，他最有名的一句話，我至今還記得：「吃虧就是占便宜！」這在資本主義世界裡，應該是俗世智慧的上乘了。

在肯亞經常來往的幾家中國人當中，老孫一家是比較特殊的。私家汽車倒也平常，算不得名牌，可房子奇大，房間多，我們從不清楚他一家四口人怎麼利用，只知道老孫家裡不但有書房、辦公室，還有一間暗房，可以自己沖印照片。老孫號稱自己是專業攝影家，服務的公司是美國數一數二的教科書出版者，而公司派他到東非來，就爲了搜集這一帶的人文、歷史、地理資料。

這個說法，我實在無法相信。

朋友聚會，老孫不在場的時候，難免有各種揣測。有人猜他是做大生意的，因爲他對非洲的人文、歷史、地理一點不熟，也並不十分關心，可是這裡的各種經濟指數，相關的政策導向，甚至於從石油、寶石到青菜、蘿蔔，大大小小、千奇百怪的各種商品價格，無不瞭若指掌。可是，如果他眞是個大生意人，便應該經常有些同行的商界朋友，至少也該有些部屬，做生意不可能像獨行俠，單槍匹馬，高來高去的。而他家請客，永遠都是我們熟識的幾家人。在他家，你見不到新面孔，交不到新朋友，不過，他太太的紅燒獅子頭，我敢說，赤道以南，無出其右。

所以，就有人懷疑，老孫也許是ＣＩＡ（美國中央情報局）。

這個說法，我的親身經驗，或可作爲旁證。

內羅比的國際外交圈，規模不大，人際往來密切，我經常收到請帖。大多數酒會我都拒絕參加，因爲那種端一杯酒見人就談天氣的場合，實在相當無聊。可是，有一年，美國國慶節的慶祝酒會，我卻破例穿西裝打領帶赴會，主要理由是，聽說大使館從美國空運來了甜玉米。

七月前後收割，特別是還不十分成熟的中西部出產的甜玉米，嚐過的人都知道，香、甜、脆、嫩，的確是人間美味。能在遠離美國的赤道線上品嚐，這個機會，焉能放過？

那天的場面，體現的是泱泱大國之風，用不著形容，回憶一下《教父》裡面的那個結婚喜宴，就可以想像了。我還是保持我的「清高」作風，大使的演講，草地上的社交，陽台上的舞會，都不參加，只端著一杯馬丁尼，站在帳篷邊上張望，嘴裡咬著甜玉米。甜玉米與馬丁尼，想不到是絕配。

忽然感覺旁邊有個人，好像在對我說話：「上禮拜那場球，弗雷沙一人獨得四十二分！」他說。

弗雷沙是七十年代得過NBA總冠軍的尼克主力射手，頭腦冷靜，手法與步法乾淨利落。

就這樣，跟一個素不相識的人，聊上了NBA。

分手前，他遞給我一張名片，原來是美國大使館的政治參贊。我心裡不免嘀咕，政治參贊是幹什麼的，這點常識還有。然而他說：「在這裡難得遇見同好，如不嫌棄，下星期日，請到敝寓便餐，我剛收到那場球的紀錄電影……。」

七十年代中期，VCR尚未普及面世，只有超八毫米或十六毫米的電影，那是相當難得的貴族享受了，何況又是尼克，我一九七三年便迷上尼克了。

那天的家宴，有點不同尋常。

菜餚倒不特別，典型美國式。罐頭雞湯，生菜沙拉，一人一塊丁骨牛扒。酒也不怎麼特別，飯前威士忌，配菜喝加州紅酒，飯後一人一瓶啤酒。特別的是飯後餘興節目。

孩子們一道玩電動火車，都集中在地下室，太太們則上樓，不外是外交圈的流言蜚語加上流行衣著化妝的閨中資訊交流。只單獨留下我和政治參贊，在小客廳裡看尼克。

還沒看完第一節，政治參贊便單刀直入。

「我看過你的資料，對你的背景很了解……。」

弗雷沙恰好投球不進，我吃驚的程度當然不止這個。七十年代初，在加州搞保釣那一陣，我的反美立場是出了點名的。曾經組織隊伍到美國聯邦政府門口示威，曾經當眾焚燒美國國旗，曾經被FBI（美國聯邦調查局）約談，曾經……。

一九七四年，爲了去文革期間的中國大陸參訪，到移民局申請回美白皮書，約談的官員一面問些莫名其妙的問題，一面翻看我的檔案。那份檔案，內容不明，至少厚度不下於韋氏大辭典。想不到政治參贊手上居然有個副本。

不過，他立刻換了口氣。用最準確的中文翻譯，他說的是：「這麼看吧，此一時也，彼一時也……。」

接著他便提到西非剛果一帶當時正鬧得不可開交的內戰。美國從側面了解，中國在那個問題上，立場與利益，都與美國相近，然而，兩國之間，當時的交往，還屬於「柳暗花不明」的階段，當然想摸摸中國的底。

於是他建議：「你在紐約給你太太開個帳戶，我們每個月存一筆錢過去……。」

尼克怎麼打完那一場球，我現在完全記不清楚了。只記得告別出門之前，我大概慌慌亂亂表達了我的意思。

「我珍惜我們之間因NBA建立的友誼，我不願妨害這種友誼，往後我們還是單純做個朋友吧……。」

往後當然什麼友誼都沒有了，甚至酒會中碰到，都好像不認識，更別提NBA的新電影了。

總之，我的這段經驗，似乎證實了有關老孫的一些什麼。

三年後，因事經過香港，打聽到老孫一家的新址，冒昧打了電話。說實話，如果不是我太太一再催促，我可能不會打那通電話的。

老孫夫婦的待人接物，一如既往，請我到中環一家餐館好好吃一頓，又開車送我回酒店。臨別還遞了張名片，名字改了（老孫說是爲了生意上的方便）。職業也改了，這次是經營衛星傳播設備。

那是七十年代末期的事。一直到今天，二十多年了，再也沒有他們的消息。有時不免想到老孫的那句名言：「吃虧就是占便宜。」我想，能說這種話的人，必然是要做大事業的。

文明荒蠻

做一個當代知識分子，反不反殖民主義應該是黑白分明、立竿見影的基本信條，無論在知識上或在感情上，好像沒有模糊地帶。康拉德（Joseph Conrad, 1857-1924）的小說《黑暗之心》，不就包含這個主題？柯波拉（Francis F. Coppola）的電影《現代啓示錄》（Apocalypse Now），不就是藉康拉德那本小說，澆心中的反戰塊壘？只不過康拉德捅的是大英帝國的老牌殖民主義，柯波拉批的是美利堅帝國的新殖民主義。

非洲待過一陣之後，重溫這兩部反帝經典作，固然仍受震動，震撼的質地卻似乎有所變化。很難說自己的內心感受因爲非洲生活經驗而增強或削弱，只能說焦點略有轉移。別人會怎麼樣我不知道，我知道我自己。那種是非對錯一刀切的青春天眞似已無端流失，而兩部作品都以之點睛的人性迷執與瘋狂，原作本身雖未盡情解剖，卻反有一種深不可測的力量，不免午夜夢迴，備覺恐怖。

我想起了幾次在中國的旅行，尤其是坐夜車穿過荒煙蔓草的原野，奇怪的是，你會感覺寂寞你會感覺遙遠，然而，即使窗外流過的大地空無一物，你不會感到恐怖。因爲，雖然黑暗統治一切，你知道，那荒野是曾經有過人跡的荒野，你知道，這看似空無一物的荒野，不遠處便有阡陌、村落，便有雞鳴狗吠。那阡陌、村莊人家的底層，也許是龍山文化的陶器，也許是良渚玉，也許是商周的城池。這是一塊人類文明活動歷史形成了層狀堆積的大陸，你會想到古往今來，你會想到歷史風煙，你也許寂寞，你不會恐怖。

在非洲大陸，你感受不到歷史風煙，古往今來俱不存在，人類活動的遺蹟不是沒有，然而你知道，眞正鎭懾大地的不是這個。文明好像只是火山爆發後熔岩流過未遭湮滅的偶然殘留，人的寂寞不是因爲人，人的寂寞是因爲大自然無時不在無所不在的那種沒有理由可說的生發毀滅。你恐怖，因爲你知道大地的主人不是你，你只是過客。你也許是殖民主義者，你也許是反殖民主義者，你也許左，你也許右，這都沒有關係，大家都是過客。

到肯亞不久，便聽說了這樣一個故事。

一位服務於跨國大公司硯石油的比利時白人，在內羅比擔任東非支部總經理。三年期滿，回歐前的那天下午，天氣悶熱的禮拜天，開車經過一個arcade（路邊有拱廊有停車場的小型商店區），太太下車買冰淇淋，剛付完錢，聽見背後槍響，回頭看見自己的汽車絕塵而去，丈夫給拖了出來，倒在地上，頭上一槍，心臟一槍，當場死亡。

這樣的故事後來聽多了，甚至失去了警告的意味，你只能當成事實接受，這一切無非告訴你，無常便是正常。

然而，終歸有人不信邪。

我結識的小甘是個成長於六十年代的新左派知識分子。美國拿了博士不願留在美國，決定深入第三世界傳播福音。他到肯亞的時候正是人生如日中天的階段，新婚燕爾，又在肯亞首屈一指的大學裡擔任教職，他那種帶有新左派詮釋意味的比較政治學很受學生歡迎。我記得第一次到他家作客，他的新婚夫人抱怨說：「我以爲每天早晨起床推開窗子便可以看見乞力馬札羅山呢……」原來她出身日本小城的商業世家，滿腦子羅曼蒂克。對於日本人，乞力馬札羅不啻是神聖富士山放大了十倍。由於新左派的意識形態，小甘選擇住處表現了他的特立獨行。內羅比的住宅區基本上分成三大塊，所有外來客都住在歐洲人區，幾乎一無例外，因爲本地人區沒有衛生設備，亞洲人區（專指印度和巴基斯坦人）則風俗習慣迥異，一般起居設施也相當簡陋。小甘本意要深入本地人區，終因新娘反對而妥協，住進了亞洲人區，亞洲人區出現一對東亞黃種人夫婦，目標十分顯著，後來出事多少證明這種選擇的不智。

有一天，大概是他們搬進亞洲人區一年之後，我接到小甘的電話，聲音聽起來有點緊張，我約他在一家酒吧見面。根據他的敘述和我對他們的了解，我的判斷是有人設局，目的無非是勒索。小甘因爲妻子懷孕，家裡請了一個當地女孩幫傭，一星期前，女孩忽然不告而別，不久，小甘收到法院通知，告他強姦。

外國教授強姦當地未成年少女，事情當然可大可小，主要看當事人如何處理。小甘的態度有一種無法自解的矛盾：一方面，純從法律角度思考，他是被害人；另一方面，若從廣大的社會政治角度分析，對方所以這樣做，是因爲他們屬於長期受害階級的一分子，行爲雖屬不義，卻也有它階級鬥爭的一面。

這件事後來通過大使館與肯亞當局的斡旋，終於以減價的方式完成了勒索的交易。小甘合同期滿未再續約，攜眷回美。雖然此後沒有機會深談，小甘經歷此一事件前後過程中的那種煎熬，我能夠體會。

在非洲，無常便是正常，大大小小，許多事情刺激你、壓迫你，讓你學會以無常的觀點對待正常。查理一家人的死裡逃生可爲注腳。

查理是廣東人，他負責在內羅比國際機場維修汎美航空公司的班機。那天晚上，一家四口看完露天電影，一進家門便給綁了起來，全家押進廁所。客廳裡，燈火通明，滿屋子黑人開大音響舉行瘋狂派對。兩條壯漢闖進廁所，把查理兩個讀高中的女兒拖出去準備強姦。查理的老婆表現了超人英勇，她看中這批人那個帶頭的，跪在他面前說：「我們中國人是不能強姦的，一強姦立刻自殺。」查理趁機把全家所有值錢的東西全部交出來主動幫他們上貨，連汽車一併奉送。天亮前後，家裡洗劫一空，強盜揚長而去。查理用最簡單的手法處理了這件事：不報警，不搬家，也不再添置任何貴重物品。這以後，一家人還待了好幾年，始終沒再出事。

在非洲，大自然的生發毀滅代表了無常與正常兩面一體的結合，一切事情必須提到這個高度來看，則人對物、人對事、人對人以至於人對自己，庶幾有解脫恐怖的契機，而迷執與瘋狂，或可倖免。

在非洲，你不能不看到，衣冠楚楚的自己，與草原上出沒的禽獸，終究沒什麼分別。

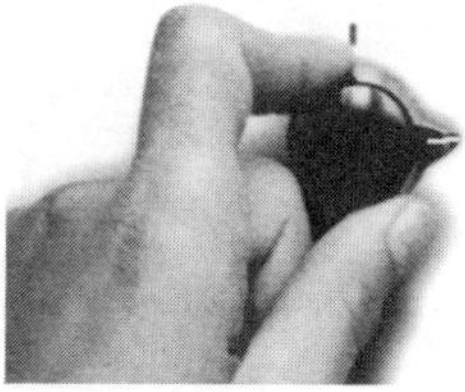

第三輯

園事之餘

因緣大索

想不到多年前的一次驚喜竟連上了多年後的一次意外，如果因緣可以這麼推算的話。總之，故事還是可以說一說。

前兩個星期，我家老大給我送了一個 E-mail ，說他找遍全世界的網址，結果卻發現他要找的「寶貝」就在自己的「後院」。

多年前，有一次開車經過肯亞大山山腳下的公路，孩子們都吵著說不能再忍了，而我們預定的目的地至少還有兩小時車程，只得找個路邊還算寬敞的地方，放他們下去方便。停車的地點恰好在公路跨過一條小溪的水泥橋橋頭，孩子們很自然就沿著橋旁的斜坡往小溪連爬帶滾摸去，我倚著車身抽菸休息。忽聽下面一陣驚呼：

「有蛇！」

當時的我，身手相當矯捷，三、五個大步蹤躍便趕到了他們身旁。孩子們躲在溪岸岩石後面，手指著七、八步以外樹影斑駁中一長條彎彎曲曲綠油油的怪物。我撿起一塊石頭扔過去，那蛇至少也有兩、三公尺，卻一動不動，我又扔了一塊石頭，還是沒有動靜。

「死的？」

我知道東非洲也有像台灣竹葉青一類的蛇，其毒無比，不敢大意，遂折了一段樹枝，權充武器。走近了，看眞切了，才知道那條「蛇」原來是棵植物。植物長成這樣，算是開了眼界。回家後翻查參考書，更吃一驚，竟是早已知名卻從未見過實物的香草蘭（Vanilla Planifolia）。

香草蘭原始生境在中美洲、西印度群島和墨西哥。早在十三世紀，墨西哥中部的阿茲特克族（Aztec）便懂得用香草蘭果實作爲巧克力飲料的調味品。十六世紀初，歐洲人輸入，用在香水裡，後來又發展成冰淇淋、蛋糕和餅乾甜點裡用的香精。一直到今天，香草精仍然是香水的重要原料之一，只不過現代已用人工合成品代替。但在十九世紀以前，隨著西方殖民帝國的擴張，香草蘭成爲經濟作物，中、南美洲、非洲、印度洋中的塞舌爾群島和馬達加斯加，發展了不少專門栽培的種植園。我們發現的那一棵，大概是這類種植園的遺留物，或者是自然播種，也未可知。總之，把它從草叢、樹葉裡拖出來，足足有四、五公尺長。躺在地上的那一段完全光溜溜的，爬到樹枝中接近樹冠的那一段卻有葉片。但非開花季節，所以我至今還是不知道它的花究竟什麼樣子。

那天的驚喜還不止此。

首先，那條小溪便精采無比。因爲溪流剛奔下山，地勢陡峻，落差大，百萬年的穿流把溪岸和溪中的巨大岩塊鑿成了奇險古怪的結構。溪水澄澈見底，水底鋪墊厚厚一層圓石，大都嬰兒手掌般大小，顏色一律青黑。

畫龍點睛卻在水面上橫斜的枝椏底部，生長著一種嬌小玲瓏的蘭科植物 Aerangis Rhodosticta。這種蘭自然沒有中文譯名，後來遍查群書不得，只好依拉丁字源勉強造了個名字，叫紅心蘭。所有蘭科植物的花，一定由三個花瓣（petal）與三個萼片（sepal）組成，但有許多變化，有時三個花瓣合成一瓣，三個萼片合成了生殖器官的輔助部分。所以取名紅心蘭，因爲它最底下的萼片與生殖器官結合，變成了一粒朱紅，其餘兩個萼片則長得跟花瓣相仿，因此看起來像雪白的梅花一樣五瓣均勻，中間捧著鮮豔欲滴的花蕊。紅心蘭選擇的生境極爲獨特，樹枝底部可以避免強光曝曬，溪水的蒸發則提供了必要的濕氣，因此在大半年乾旱無雨的肯亞，能夠長盛不衰。

離開肯亞二十多年，我只在一次大規模蘭展中看過一次。展出者顯然了解它的習性，五棵一道種在一大片長著青苔的樹皮上，十餘枝花梗各著花七至九朵，遠望像一群翩翩起舞的粉蛾，彷彿各銜著一粒相思豆。老大電子郵件中所謂的「寶貝」就是它。他居然在鄰州賓夕法尼亞一家專營野生蘭（botanicals）的蘭園網站上找到了睽違二十多年的紅心蘭。上星期天，天陰無雨，有秋涼而無寒意，適合長途開車遠遊，我們父子加上兩位蘭友，四人一狗，按照網路下載的地圖，開了四個小時，終於找到了目的地（中間迷路一個半小時）。老大和他的愛犬黛西，首先走進蘭園接待室，又火速退出，原來蘭園養了三隻猛犬，黛西夾著尾巴往外逃。

蘭園一共有五座玻璃暖房。其中三座仍照一般商業蘭園的規矩，大量培植炫麗耀眼的雜交種蝴蝶蘭、加德利亞蘭、石斛、辛姆比第等供應婚喪喜宴、生日派對一類社交消費用的切花市場，因此我們只是稍事瀏覽，沒有久留。另外兩座暖房裡卻是蘭迷們的尋寶地，不但找到了紅心蘭，還有不少曾經在東非原始生境見過的野生種，甚至發現了原生在馬達加斯加的伯利恆之星（Star of Bethlehem，學名Angraecum Sesquipedale）。這種身材巨大的蘭科植物，一般商業蘭園根本不收，原因很簡單，既占空間，普通顧客也沒有興趣。但同去的四人都興奮不已，因爲我們早就讀到過一個傳說。達爾文勘查馬島時發現這種蘭花的花距

（spur）長達一英尺以上，他當時預言一定有一種夜間活動的蛾，唇器也在一呎以上，才能採到花距底部的花蜜，從而完成傳粉任務。這個預言一度在英國學界傳爲笑談，達爾文死後，終於發現了這種口器巨大無比的飛蛾。

蘭園由三位合夥人經營，一位管營運，一位管技術，還有一位經常世界各地跑，負責交換品種並深入蘭花原始生境採集。管技術的那一位特別健談，兩座蘭房內的奇花異種如數家珍，他說的故事又非常好玩，等到我選好花付完帳，天色已近黃昏。老大忽然從門外衝進來說：「不好了，黛西不見了！」

現在來交代一下黛西。

黛西是老大跟他女朋友的定情之物。三年前，兩人剛開始談戀愛，有天走過普林斯頓小城的一家寵物店，他的女友看到玻璃櫥窗裡的黛西，立刻一見鍾情。一星期後，老大抱著黛西走進女友家，送了這份生日禮物。

黛西是英國種的小獵犬，叫做 Beagle。Beagle 是一種拾獚（retriever），短腿、大耳垂懸、嗅覺特別靈敏，但智商不高。訓練有素的拾獚善於將獵獲的野兔銜回來交給獵人。剛買來的黛西還不到一歲，沒有受過任何訓練，閨中密友時代的黛西也始終沒機會接受正規訓練。兩人鬧翻以後，黛西給送了回來，老大整天忙他的生意，所以四歲的黛西，至今不過是個毫無求生能力的寵物。尤其近兩、三年，黛西跟老大每天形影不離，上床睡覺帶著牠，上班時把牠帶進工廠，變成了工廠員工的共同寵物。

了解這個背景才能明白黛西失蹤以後我這個「沒出息」的兒子爲什麼如此失魂落魄。薄暮時分，我們四個人丟下一切不管，分頭到附近的住家、野地去找。四個中國大男人，在賓夕法尼亞州一個相當荒野的白人社區裡，近似絕望地不斷呼喚著一條狗的名字，這景觀可能相當引人注目。

但美國人確實是個愛狗成癖的民族，聽說了這件事的原委，竟有人自願開車到處去找。公路警察也把它當作重要公務，不但詳細記錄黛西的所有特徵，而且主動通知轄區內其他巡邏值勤的同僚注意。這小小的意外幾乎驚醒了整個社區，然而，事情並不好辦。蘭園往東大約不到一千公尺，就是德拉瓦河，沿河向北是條公路，向南則是大片原始林，據蘭園主人介紹，樹林綿延不下數十哩，深秋季節，樹葉堆滿林床，林床底下藏著各種各樣的小動物，嗅覺靈敏的黛西，如果走的是這個方向，極可能進入牠生命中最興奮的時刻，因爲每隔三、五步便可以聞到直接刺激本能的氣味，一路這樣興奮刺探下去，不知伊於胡底。老大在森林裡絕望地追找了一個小時，天色已經全黑，只得折返。

還能做什麼呢？

他用手機打通了遠在幾十哩外的州警公路巡邏單位，報了案。蘭園主人也爲此深感抱歉，答應第二天印些「尋犬海報」，到處去張貼。老大說他回家立刻把黛西的照片 E-mail 過來，好印在海報上。

料不到原本十分美好的一天，竟因一時不慎，變成了如此難堪的局面。我們在蘭園看花時，老大怕黛西受三條猛犬威脅，牽牠出來，繫在停車場旁的欄杆上。也許是我們在暖房裡盤桓太久（超過兩個小時），也許是附近樹林裡的氣味，黛西竟把鍊條咬斷了。晚上十一點，給手機訊號喚醒，傳來一個陌生男子的聲音。

「我從狗牌上看到你的電話號碼……」他說：「擔心躺久了也許被浣熊吃掉……。」

這幾天，老大晚上天天有噩夢，夢境基本相同：黛西就成爲我們中國人所謂的喪家之犬，在車輛川流不息的公路邊上沒命地狂奔。「我死命叫牠，牠就是不聽。」老大說。

然而，我擔心的好像不是這個。

如果相隔二十多年的驚喜與意外竟然因果相連，那麼，控制這條因緣大索的無形手，究竟在哪裡？

或者，還是懶惰一點，又是一個偶然加必然的美感題材？

請你自己決定。

湖南素心

今年，我養的素心蘭終於開花了，不過開花季節比正常節令晚，夏末出花芽，入秋花瓣才全部展開，香味固然毫不遜色，可是，秋天看素心蘭，卻有點特別的滋味，彷彿錯過一班火車，擔心約好的朋友也許不見就散了。素心蘭花香清醇，花色淡雅，蘭葉剛柔相濟軟硬適中，原應與炎炎夏日搭配的。

我養素心蘭前後十幾年，第一次成功自然還是欣喜，尤其這一盆，無意中得之，又是老耿不遠千里親自帶回來的，開花時便不能不想到老耿。沒錯，從上次老耿贈蘭見面算起，又快三年了，他如今究竟走在人生的哪條道路上，我也不甚了然。

三年前，老耿從湖南回來，給我打了個電話。

「聽說你什麼活動都不參加，做起隱士來了！」雖然沒有明說，語氣的責備和嘲諷意味是很明顯的。我當時沒有辯解，雖然是多年老友，保釣時又並肩戰鬥過，但這些年來，彼此有了不同選擇，漸漸走遠了，老耿素以騾子脾氣著稱，無論幹什麼事，無論有多少挫折，無論對錯，他一定幹到底。三年前那次相會，主要還是爲了他的圖書館。老耿是從前所謂的流亡學生，十五、六歲跟國民黨軍隊撤退到台灣，靠做家教、送報紙讀完大學，又靠採水果、端盤子念完博士學位。可是，人有時很奇怪，一頭栽在一條路上，往往勇往直前，等到了路的盡頭，卻又覺得這不該是自己應走的路。老耿就是在他一切似乎苦盡甘來的時刻幡然悔悟，把十年寒窗鑽研的專業毫不留戀地拋了，又一頭栽進這個毫無「前途」的學生運動裡，任勞任怨，大小雜事全都幹得興致勃勃。

我的素心蘭事業大概是保釣運動退潮後開始的。一九七五年，在唐人街逛書店，發現一本怪書，董新堂編著的《蕙蘭專集》，看樣子是作者自費出版，因爲出版者呂凝芬在〈出版感言〉裡提到夫妻兩人癡迷養蘭和「外子」苦搜材料寫書的經驗，卻從頭到尾找不到出版社的名稱和地址，這本書的材料來自大陸、台灣、日本和美國的古籍和現代專業書刊，內容蕪雜，但有一個特色，它專談蘭科植物裡的辛姆比第蘭類（Cymbidiums），並幾乎以百分之九十的篇幅介紹辛姆比第蘭的溫帶種，即植株較小但每有異香的東方蘭草，也就是中國人俗稱的國蘭。董著收集了上百張彩色圖片，並分門別類介紹了上千國蘭品種，這是我對孔夫子所謂「蘭有王者香」的處女認知，完全是紙上談兵。

那一年，又有一次奇遇。

偶然在圖書館翻看美國蘭花協會的月刊，居然在刊尾看到台灣商業大蘭園白雲山莊的廣告，原來他們雄心萬丈，企圖爲中國人視爲珍寶的國蘭打開美國市場，在新澤西州中部闢建六座玻璃暖房。我開車去的時候，這個推廣國粹的計畫顯然瀕臨破產，五座暖房改種聖誕紅，滯銷的國蘭全部塞在一起，死活隨之。我帶回來的十幾盆中，有一盆觀音素心，葉碧綠而有光澤，垂姿優美，可惜還沒等到開花我就搬家到非洲去了。寄放在親友處的這些故國神物，等到我三年倦遊歸來，早已屍骨無存。

保釣退潮後，與老耿失去聯絡多年，因爲彼此之間的友誼韌帶只有一條，保釣一斷，我們的來往也就斷了。只聽說他又回本行混飯吃，直到七、八年前老耿退休，才恢復來往。這一次，還是他主動。他給一批老戰友打電話，把大家找到一塊兒，討論他的圖書館。老耿的老家在長沙，每次探親回來，總是各處聯絡，鼓動大家回去做點事情，然而這些年來，我們都或多或少有過去大陸探親旅遊惹一肚子氣的經驗，老耿因此老碰軟釘子。然而，圖書館這個構想，誰也拒絕不了。老耿跟當地的幹部談好條件，對方出地方，他到美國捐錢捐書。誰家裡沒有既不想要又捨不得丟的書？書的來源不是問題。經費問題也不大，老耿已經把他的退休金全部投入，我們又怎能說不。只有人事管理方面是個不大不小的問題。全交給當地人辦，保險不到一年便成爲官僚機構，而大家堅持的一個理想是「開架式圖書館」，官僚圖書館不可能開架服務。老耿捲起衣袖說：「我回去坐鎮！」這個問題就這麼解決了。

一九八三年，台灣網開一面，讓我回台探親。離台返美前的週末，同家人一道逛建國花市，買到一盆十三太保。所謂十三太保，是素心蘭名種，葉直而長，略垂，周圍有光澤，與福建高州所產的素心蘭類似，據說在日本曾以之上貢天皇，一梗開花十三朵，故賜名。偷運這盆素心蘭煞費苦心。美國農業部禁止從國外帶回任何植物，除非事先申請入口證書。這裡有個兩難。如合法進口，入關時按章程規定必須送交檢疫，那個檢疫機關我也打過交道，所有「移民」植物，一律噴灑殺蟲劑和除害（眞菌）藥，用量之猛，鮮有倖存。

如偷運進關，不幸逮獲，除沒收銷毀外，還要罰鉅款。

我將十三太保從盆裡挖出來，拋棄所有植材（樹皮碎塊），全株泡水約一小時，讓它飽吸水分，然後用舊報紙包紮，收在長統棉襪內，再套上一件髒襯衫，藏於皮箱夾層中托運。那些年，紐約機場抓毒犯不像現在這麼雷厲風行。過關打開行李搜索之前，先有一批員警手牽訓練有素的狗逐箱嗅聞追蹤。十三太保僥倖逃過一劫。

然而，十三太保也沒活過兩個冬天。我想我犯的第一個錯誤是採用了台灣專業養蘭者慣用的植材（樹皮、蛇木屑或水苔），這些植材本身不帶營養，靠人工化肥培植。人工化肥的掌握不易，太淡則無效，太濃則壞根。其次，紐約氣候條件與台灣天差地別，冬天必須移入室內。可是冬天室內暖氣雖能提供適當溫度，但空氣中的水分卻大部分蒸發，蘭蕙原生環境要求百分之八十以上的濕度，很難複製。此外，蘭科植物要求日夜之間有華氏十度左右的溫差，冬天紐約的室內環境，白天氣溫低晚上大開暖氣，與蘭花所需背道而馳。

十三太保送命前，曾翻盆檢查，發現原來雪白豐滿的蘭根全已潰爛，地下莖變黑，貯藏營養的假球莖全都癟癟的，了無生氣。

老耿的圖書館命運較好，但也沒挨過五年。他紐約還有家，不能完全丟下不管，每年總得回來一、兩次，尤其是聖誕節前後，長大成人的兒女按美國習慣回家團聚的時候。開架圖書館的營運，隨著改革開放大潮，日益困難，社會主義的舊道德逐漸崩潰，資本主義的新倫理尚未建立，老耿圖書館書遺失的速度和數量，越來越超過美國這批熱心愛國人士所能補充挽救的程度，致命的一擊還是老耿自己說出來的。「我到街上去查，到處書攤上都賣我的書，有的甚至連圖書館的編號都沒撕掉。我跟公安吵，他們說，那麼多大案子都辦不了，哪有時間管……。」

老耿送的湖南素心倒是開花了，一莖九朵，花色素淨，綠中帶黃，晨昏時刻的確香遠益清。據董新堂先生之說，那是因爲國蘭的香氣與西洋蘭不同，它們有香粒子，像一顆顆小炸彈一樣，特別在清晨和向晚，一波波噴射出來，在空氣中炸開，放出香氣。這次所以成功，我想主要還是對植物原始生命的要求付出了應有的尊重。我知道中國人傳統養蘭用雞鴨糞與田土揉拌成球，依大小次序疊入盆中（下大上小有利排水）。紐約當然很難找雞鴨糞和田土，但細究其理，無非是要有天然有機肥又有保水排水功能，所以我選擇壤土、沙、泥炭腐殖土和人造珍珠岩粒（perlite）四等份配成植材，由春到秋移室外陰涼通風處，冬天則置於南窗前，每天清晨噴霧，缽底設卵石清水盆供濕，未三年，根壯葉鮮，花芽挺立。

這兩天，聽說老耿又有新動議了。

望著秋陽撫慰下的湖南素心，我想，不管他這次又有個什麼餿主意，總歸還是要支持一下的。

鳶尾

十幾年前，曾到馬里蘭州一位老同學家做客。老同學是學物理的，話題自然有限，但他的老伴卻是個環境生態方面的專家，經常往西藏跑，利用美國的各種基金，在那邊推動環保工作。她在面積不算小的後園裡，種了一大片鳶尾，那時已是秋天，雖然看不到花，陽光下，一群青青劍葉，實在可愛，忍不住向女主人要了種子。

我幻想，如於後山林外的邊緣地帶撒種，隔年便應有離離青劍成叢，怒生於綠茵草坪與老幹喬木之間，配置於玉簪、芍藥與杜鵑附近，自必有奇趣。

這個幻想，不久自然落空。原因也很簡單，當時，我對鳶尾毫無認識，根本沒問清楚，這批鳶尾，究竟是喜馬拉雅山的原生品種，還是目前庭院裡流行的鳶尾現代雜交種。前者的種子，也許有發芽的可能，但何時播種，播種於何處，土壤、光照與氣候方面有什麼基本要求，我都不甚了了。如果屬於後者，許多改良品種，縱不改開花結子習性，所結種子並不一定能夠繁衍後代。

所以，我的鳶尾經驗，一出手便全軍覆沒。

於是，羞愧之餘，重新披掛上陣。

第二次出發，改變了一點路線。第一，爲求速效，放棄了從播種開始的持久戰，改種成品。第二，問道於老圃，從別人的經驗裡取經。

有幾個月時間，每逢週末假日，便開車到方圓八十哩範圍內的苗圃農場去參觀學習，在花色繁多、品種殊異的鳶尾大千世界裡，逐漸歸納總結，最後選定一個品種，叫 Iris Siberia 'Caesar's Brother'（西伯利亞鳶尾「凱撒兄弟」），花色深藍近紫，花瓣幾近絲絨，劍葉不寬不窄，高度適中，總之，從那時候我的知識修養與審美程度判斷，這是不二之選了。此外，這個品種的花期在春季的中間部分，杜鵑將謝未謝，芍藥有苞無花，配上旁邊的玉簪闊幅葉片，沒有任何理由不完美了。

據老圃介紹，凱撒兄弟是三十年代的名種之一，而且是當年藍色系列鳶尾花的翹楚。一九三〇年，英國皇家植物園（Kew Garden）培養教育出來的 Isabella Preston，任職於加拿大渥太華自治領實驗站，育種配出了第一個藍鳶尾'Gatineau'。其後不久，加拿大蒙特婁的F. Cleveland Morgan，育出凱撒和凱撒兄弟，雜交親本用的是Iris sibirica 'Nigrescens'和Iris sanguinea 'Blue King'。由於這一成就，美國鳶尾協會（Americam Iris Society）所授予的最高獎Morgan-Wood Medal，其中的Morgan，即爲了紀念這位優秀藍鳶尾的創造者。

流血花錢流汗整地之後，將二十盆凱撒兄弟按照海潮的波狀曲線分種在原先撒種而文風不動的地點，第一年，清晨向晚時分，端一杯龍井坐在陽台上觀望，凱撒兄弟們迎風搖曳，種花人不免沾沾自喜。假以時日，每一株自然繁衍成片，三、五年之後，豈不構成一幅藍色海浪翻滾圖？

第二年，情況便不太妙。二十株只剩十二，每一株本來各有四、五束，而今只剩一、二、三束不等，且有的有花，花更瘦弱，有的甚至無花。猛施肥猛培土之後，又苟延殘喘兩年，全部壯烈成仁。

就在這一段全憑經驗主義辦事的敗戰期間，有一天在附近一條小溪周邊散步，突然發現沼澤地裡有不少黃花，就開在鳶尾似的一種植物的葉片頂端。回家查本地植物圖鑑，卻遍尋無蹤。請教鄰居，才知此物就是鳶尾，不過是歐洲種，叫做黃旗（Iris pseudacorus 'yellow flag'）。黃旗的原生境並不限於歐洲，俄羅斯的亞洲部分，小亞細亞、敘利亞和北非都有分布，但美國的黃旗是十九世紀從歐洲引進的，現在已經跟野生植物沒有分別，這個過程園藝界稱之爲自然化（naturalization，似可譯爲本土化），非生性強悍者莫爲。黃旗的確生性強悍，株體高大，葉長可高達一百公分，葉寬三公分，最喜沼澤濕地，強悍到可以與蘆葦拚天下搶地盤，即便移植乾地，一樣欣欣向榮。我順手挖了幾塊根狀莖，隨便往園中潮濕處一埋，從未加意培護，至今愈演愈烈。

凱撒之衰黃旗之盛讓我痛獲教訓，植物之理也同孫中山先生有關世界潮流的名言一樣，順我者昌逆我者亡，我於是開始找書看。

原來鳶尾主要是溫帶地區的生物，它的英文名字還有個美麗的傳說。Iris原爲希臘神話中Juno（婚姻女神）的信差，她帶著喜訊從天上到人間，走過虹橋，把彩虹的色彩一步步栽種在地上。上古時期的埃及法老王庭園裡已開始種植鳶尾（據考證是Iris susiana）。基督誕生兩千年前，彌諾斯青銅器時代（Minoan Period, 3000–1100 B.C.），地中海的克里特島便有鳶尾人工栽培的痕跡。然而人類早期種植鳶尾，好像不專爲觀賞，主要爲了健康。據傳鳶尾可治蛇毒、腸胃疼痛和咳嗽，直到今天，還有人在嬰兒長牙齒痛苦哭鬧時，塞一段風乾的鳶尾根莖到嘴裡止痛。

前文談到的凱撒與黃旗都屬於分類學上的鳶尾科（Iridiaceae）。這一科是個大家族，我們熟知的劍蘭（或稱唐菖蒲，gladiolus）、番紅花（一稱藏紅花，溫帶最早冒芽開花的球莖植物，crocus），都是其中的成員。但眞正叫鳶尾的也不少，這一科裡就有兩百多個種（species），加上園藝界近兩百年的育種交配，品種已成千上萬。不過，眞正實用於家庭園藝的，以下面幾個組合爲主：高種有鬚鳶尾和矮種有鬚鳶尾、無鬚鳶尾、西伯利亞鳶尾和日本鳶尾。

必須說明一下，所謂有鬚無鬚，指鳶尾花垂瓣上異彩部分生長的茸毛。鳶尾的花主要有六個部分：三個直立瓣（一稱旗瓣）和三個垂瓣。垂瓣爲外圍平出或微向下彎的花瓣，三個旗瓣則直立向上，中間包裹生殖器官——柱頭和花藥。西伯利亞鳶尾這個名稱有點誤導，因爲原始生境不在西伯利亞，卻分布在歐洲、中國西南部和日本。另一個生長於西伯利亞、中國和日本的種 Iris sanguinea，名稱上反而看不出來，但在商業園藝界，今天都已歸入西伯利亞鳶尾一組。這兩個種有點特別，因爲都只有二十八個染色體，容易相互交配。鳶尾世界目前的大熱門就是紅色系列花的追求，有人利用染色體數目相同的親本試驗，也有人試圖從二十八個染色體和四十個染色體的不同品種雜交上找出路。

日本鳶尾多指 Iris ensata（其中包括 Iris kaempferi）。開花期多在夏季，花形大而色彩變化多端，有的品種一花多色，性喜溫濕，故日本人多用於庭園水池內或池邊山石旁。

這些年來，我園中的鳶尾始終到不了夢想的境界，樹多陽光少又缺水池，除了黃旗，其他多萎靡不振。

老同學家後來沒再去過，只聽說離了婚，男方從再婚中找到新生命，女方可能待西藏的時間更長了。只不知她後院那一片青劍，是否無恙？

異鄉尋花

異鄉客居不免尋些故國花木解愁，這是人情之常，我也未能免俗。多年下來，我的庭園漸成爲東西文化交流的雜薈，園景雖不入流，卻頗收治懷鄉病功效。

我的居處，以緯度言，相當於瀋陽與哈爾濱之間，但因洋流影響，氣溫變化接近天津、青島，美國農業部劃爲第六區（zone 6），因此，適合種植的花木，還不算少。經過長期的觀察和實驗，我終於明白，要完全複製中國式的園林布置，不僅徒勞無功，而且，與週遭風物搭配，極難協調。

這也是仿造蘇州網師園的明軒，紐約大都會博物館決定建之於室內的緣故。

我手創的園林（至今無名），終於必須屈就，只得因地制宜，在符合現實的條件下，開疆拓土，移花接木。

此園先天不足，地狹坡斜而土多山石，且整體形狀過於方正，流動線的設計，煞費周章。為了破除單調格局，遂決定以各色日本楓配以高低品類不同的溫帶杜鵑屬灌木叢為主線，隨地形起伏，視情況變化，截長補短、寬窄相濟，施展成彎曲環繞的波浪植被，見鄰居花木扶疏，則故留空隙以借景，若唐突礙目，則密植以求遮掩。如此，篳路藍縷，汗流浹背，未十年，竟體制初備，隱約成形。

然而，鄉愁依舊作祟。

於是，不畏艱險，實之以梅蘭竹菊。

台灣有首流行的詠梅歌曲，有句云：「越冷它越開花。」基本上是不諳物理的胡說八道。梅花屬櫻桃科，學名 Prunus Mume，原生地在中國秦嶺以南。此間冬季低溫可以到華氏零下十度，露地種梅，不僅開不了花，連命都保不住。有一年，到加州旅遊，見一日本人開的花圃內有梅花苗出售，帶了幾株回家。可是，樹苗粗細大小與筷子相若，原意大概供盆栽愛好者使用，我只是一腦子幻想暗香浮動月黃昏，一年後便夭折大半，只有一株日本紅梅，恰好選植在避風向陽處，意外活了十幾年，開過兩次花，終於還是沒熬過七、八年前那場大風雪。

陶淵明的最愛，美國人俗稱 mums ，大概取 Chrysanthemum 的字尾。一般所謂 Hardy Mums 毫無中國味，色香花形均無可取。眞正的菊，他們叫 Fancy Mums 。紐約布朗克斯植物園有一任園主曾經擔任過東京聯合國大學校長，也許耳濡目染，重金禮聘日本花匠搞過幾次大規模的菊展，流風所及，長島的大花圃居然也有同類菊苗出售，我因此也試過。只是這種名菊的培養功夫過細，生長期間，澆水、施肥、光照、風雨各方面仔細呵護不說，要開花效果好，必須經常整枝剔芽，略有疏忽便前功盡棄，有時難免要出差旅行，兩三個禮拜回來，已無從收拾。

自命風雅當然不可居無竹。我的治竹成績還算不惡。竹之爲物，從植物學的觀點看，與草幾乎同類，照理不該有什麼困難，但在我們這裡，還得有點基本常識。第一，雖賤如草，還是有氣候限制，中國南方的竹種，只能當室內盆花供養，終究纖細孱弱，似竹而無竹意。其次，竹根的生長習性有兩大類：一類固守原地，積年愈粗，台灣的筍農經常在竹根處培土以求筍益壯大，養的便是這一類。這裡能找到的竹，原產地在日本，竹根侵略性極強，在地面下見縫就插，四處延伸。我的竹子爲同事前輩李惠老所贈，他五十年代種下一株，到七十年代中期我去他家取竹根繁殖時，竹子已完全失控，從後院蔓生到前院。有此前鑑，種竹時特別選了一個兩面有防水牆阻擋的地點，即便如此，每年初春，還得採取斷然措施，空檔處鑽逃出來的新竹，必須連根斬除。目前，四坪大小的空間裡，搖曳生姿，有網球拍柄粗細的青竹二十餘竿，風雨陰晴，皆有可觀。

養竹之道，除鐵腕嚴控外，七、八呎以下的枝葉應悉數清除。施肥方法毋需講究，每年灑草肥三、四次，便能扶搖直上。

蘭花我是下過一些功夫的，以後有機會再專文鋪陳。留下的篇幅，談一談牡丹。

八十年代中，自覺有些蒼老，遂萌發「一枝紅豔露凝香」的邪念。

牡丹在美國，也許因爲身價高，又需要長年培養，始終紅不起來。

最早買到的參考書，是一九八〇年北京黃土崗中匈友好人民公社編印的《北京黃土崗花卉栽培》，裡面有一節專談牡丹。但這本書的內容地方局限性很大，黃土崗雖自古以來就以生產花卉著稱，他們的牡丹每年都從山東荷澤購運，所做的只是促成栽培，供以前王公貴族和今天的高幹豪門欣賞。一般是運來後經過浸水處理，再假植於溫室，冬至前後加溫移入牡丹池，春節前增溫至攝氏三十度，花蕾含苞欲放，才挖出上盆（當地稱「牡丹筒」）。所以，這樣成品的牡丹，完全是討吉利的玩意兒，不是我要的。

於是，上下求索。

曾經遠程開車到一個猶太老頭家參觀，他出的小冊子上號稱從四十年代便開始蒐羅培養中國牡丹。我到他家時，牡丹園已面目全非，姚黃魏紫，都淹沒於荒煙蔓草。老頭子已經半身癱瘓，見到我分外歡喜，堅持不收一文，讓我挖兩株帶走，成爲我牡丹圃的濫觴。此後，又發現日本花商利用芍藥根嫁接牡丹芽盒裝出售，價格合理但成活率不高，只得屢敗屢戰，十幾年下來，終於有二十幾株成活開花，花色倒也齊全，紅、黃、白、粉、紫外，千葉、樓子、正暈、倒暈都聊備一格，只不過日本人產銷美國，用英文拼日音爲品名，這些名稱對我便完全失去意義，然而，每年五月中旬開花時，一樣美不勝收。

牡丹在這裡並不難養。頭兩年的冬防應注意護根，嫁接點深植入土特別重要，除厚加培土外，我曾利用橡樹落葉保暖。牡丹是落葉灌木，落葉枯枝的清理不可偷懶，因易滋生病蟲害。施肥不嫌多，春初使用處理過的牛馬糞，入秋加草木灰，中間每月追用稀釋化肥，來年保證花開茂盛。

近兩年，老友牟敦芾移居近鄰，牟妻顧植每到牡丹盛開總要來舍下採花。去年，有十朵送給她祖母（顧維鈞夫人），祖母又轉贈五朵給她的好友蔣宋美齡。據說，兩老得花，狀至愉快，尤其是高壽逾百的宋美齡，若干年前離開她長島的深宅大院，住進曼哈頓無花無樹的公寓，看到這一捧國色天香，也許老懷堪慰。只不過，她顯然不會知道，養花的人，三十幾年前，在她先夫繼子治下，曾經是個通緝在案的小小政治犯。

紫藤

紫藤顧名思義是種攀緣植物，攀緣植物往往具有外柔內剛的性格，紫藤最能代表。它的生存策略基本上「不圖自立」，不像一般植物，專向上方空間尋找陽光。為了四面八方蔓衍，擴大生機，身體組織也隨之產生變化，紫藤的新生枝條非常柔軟，有利於攀爬纏繞，但韌性極強，避免了斷裂的機會，這種性格，頗似老年人的智慧結晶，傳統中國文人與水墨藝術家鍾愛紫藤，與此不無關係。更何況百年以上的古藤，意態蒼老之外，仍透露生命綿綿不已的消息，尤其仲春新夏，老幹斑駁骨立，新枝幼葉欣欣向榮，配合萬千流蘇般的錦簇花團依風款擺，老懷堪慰矣！

可是，從小在台灣長大，紫藤與我，尤其與我的心智發展，好像沒什麼關係。台灣的園林花木，記憶所及，幾乎沒有紫藤的影子，所聞所見，大概只有紙上的標本，究竟是畫冊上和廳堂牆壁上的裝飾物，毫無實感，加上年少氣盛，只夢想做一株漂亮挺拔的鑽天楊，完全不識歲月滄桑。倒是出國二十年後，有次回台探親，朋友招待茶會，地點在新生南路紫藤廬，才知道亞熱帶可以種植。時在盛暑，無花紫藤本來就不易引人注目，印象中的紫藤廬鎮廬之寶，彷彿比較瘦弱，五月是否開花，也不甚了了。後又聽說廬主人近年加入跨海西進大潮，在北京開了分店，所以，這枝在台灣平生僅見的紫藤，恐怕也是移情之作了。

紫藤能否適應台灣的氣候水土，我想不是問題的核心。據說，一海之隔自然條件相似的廈門，紫藤並非稀有之物。此外，日本殖民台灣五十年，日本人酷愛紫藤，至少有千年以上的歷史，《源氏物語》已出現觀賞的場面。今天，名滿東瀛的牛島紫藤，樹齡超過一千兩百年，早在一九二八年便已名列「特別天然紀念物」，一九五五年更宣布爲國寶。每年花季，成千上萬的人到花棚下飲酒、喝茶、唱歌、跳舞（五十年以前可能喝酒、作詩爲主），這樣的風氣，爲什麼沒有傳到台灣呢？我因此推斷，台灣寶島奇花異木無不蒐羅，獨缺紫藤，可能與氣候水土無關，或許是一種文化上的選擇。

台灣東西南北，都市宅院，小鎮圍牆，林舍的老樹與屋頂，甚至穿越野地的公路兩旁，爬滿了同屬攀緣植物的九重葛。這種原生地遠在中南美洲以強烈花色著稱的外來物，加強了台灣的熱帶風味，渲染了異國情調，卻普遍受到歡迎，能說其中沒有一點叛逆心理嗎？

我因此知道，性格上帶點老年期文化特徵的紫藤，究竟與台灣熱情奔放冒險拚搏的民情風俗不很相合。也因此，我的紫藤緣，竟推遲了至少二十年，直到自己接受「外柔內剛」的處世原則，才產生誠心栽培的欲望。

然而，百年老藤、紫花萬條的美夢，此生恐已無望，但還是有不少樂趣，可供清談。

按照西方的植物學，紫藤學名爲 Wisteria，一八一八年由遊學英美的植物學家 Thomas Nuttall 命名，據說是爲了紀念賓州大學解剖學教授 Caspar Wistar，所以也有人將 Wisteria 寫成 Wistaria，不過前者現已通用。紫藤屬豆科（legume），大多數豆科植物都不太需要人工追肥，因爲它們有自己製造養料的特殊機制。當根系發育到一定程度，一種短桿菌侵入，產生根瘤，可以將空氣中的氮轉化爲氮化合物，從而爲植株提供了營養。這個簡單的知識告訴我們種紫藤的第一個要訣：不要亂施肥。施肥太多不但無益，反而鼓勵根莖枝葉繁茂，抑制開花。爲了促花，我曾用圓鍬沿主幹四周深鏟一呎斷根，來年果然奏效，算是減肥護花的一種激烈手段吧。

植物分類學家至今對紫藤的分類爭論不休，一般認爲有五到八個種（species），其中兩個分布在北美洲的東部，其餘則生長在東亞。大陸從浙江、安徽、湖北到四川，日本北海道以南，是其自然生境。澳洲園藝學家 Peter Valder 自稱一九九四年五月上旬從上海、蘇州一路開車到安徽黃山腳下，沿途仍見紫藤花漫山遍野，足見即使經過三年災荒十年文革，山林羅掘俱窮，生命強韌的野生紫藤並未消滅。雖然紫藤花可以做餅（藤蘿餅即北京著名土產），莖條可供編織，根皮也常入藥。

我們熟知的紫藤大概指栽培最久、流傳最廣的中國紫藤（Wisteria Sinensis）和日本紫藤（Wisteria Floribunda）兩個種，不僅莖幹愈老愈顯古拙，枝葉也皆優美（奇數互生），花形花色最爲可觀。

Floribunda 意謂多花，故日本紫藤一稱多花紫藤，絕對名副其實。

一八六一年五月二十日，英國皇家園藝學會一位採集家 Robert Fortune 到東京附近「拜見」一株名藤，據他報導：「藤幹離地面三呎，幹圍仍有七呎（相當於兩人合抱），棚架覆蓋面積 60 × 102 呎（六一二〇平方呎），棚架頂端下垂的總狀花序近萬條，花序長達三呎六吋……。」保守一點，如果每一總狀花序以著花八十朵計算，這一架多花紫藤盛開時，應該有七、八萬朵花。

花序長短、著花多寡、花色濃淡，似乎是區別日、中紫藤的辦法，但不盡然。北京附近產的紫藤也有花序長達兩、三呎的，花色則素白、淡紅、藍紫俱全；相對而言，日本紫藤也有短花序深紫色的品種，例如黑龍，但我只聞其名，未見其物。

唯一可靠的鑑別方法是看藤條扭曲旋轉的方向。從上往下觀察，藤條順時針方向旋轉是日本紫藤，中國紫藤則反時針方向纏繞，這條規律，絕無例外。

種紫藤的第二個要訣是整枝。

由於養料來源充足，同一般植物相比，紫藤生長的速度驚人，人工栽培如不大刀闊斧修剪，很快就氾濫成災。中國有一種傳統的栽種法，讓紫藤盤纏高大的常青樹、春暖時節滿樹生花，雖然別有特色，但我總覺得彆扭，兩種不同形狀、顏色紋理也不相同的葉子混雜一起，不但看起來不舒服，日子久了，常青樹也可能枯死，這是懶人的辦法，不必經常整枝。我看到的北京植物園和臥佛寺兩株老藤，就是這個做法。通常流行的做法是在前庭、簷下架設藤棚，講究點的還可以借水廊、橋欄行之。公園和湖邊空地上的紫藤棚，除了觀賞，還可以提供社交空間，成為飲茶、下棋、會友的場所。中國江南用粗細竹竿架設的紫藤棚，風味甚佳，還發揮避暑功效。

二十年來我親手種下十株紫藤，都是亞洲種，花色四類，素白、淡藍、水紅和紫羅蘭色。因為庭園面積小，不宜架棚，我採取的是西洋盛行的兩個做法。

靠後院陽台右側，種下時筷子一般的一株正宗中國紫藤，現在主枝已有大臂粗細。利用整枝造形和它反時針方向旋轉的習性，兩條橫向盤繞的主幹上各留四、五個側枝，再選定較粗的側枝留芽，目前大致已經定型爲一棵開花灌木，整體如螺旋狀，上下左右兩疊三層。因爲中國紫藤花序較短，分層垂花效果較好。

我另一個做法是使用支柱（standard），就像專業苗圃訓練樹玫瑰，但紫藤不用嫁接於砧木，因爲本身已夠強悍。開始用細竹竿，只留一個直立主枝，側枝前兩年不除，但每枝只留三、四芽葉。隨勢生長每年更換較長較粗的支柱，到主枝高出地面八、九呎以上，斷其頭，鼓勵四面八方橫枝側生，這樣成形的紫藤樹，開花時如天雨散花，西洋人則稱之爲花的噴泉。

也做了兩個盆栽，至今仍無古意，需要長期培養。

紫藤花有香，但去香遠益清的素心蘭、荷花遠甚。香味倒不刺鼻，卻似女人施粉過頭，刺激的是感官，不是想像。

滄桑玫瑰園

西方的園林藝術思想中，有一種廣泛接受的說法：美好的庭園，就是天堂在人間的具體呈現。所以西諺說：「沒有人會送你一座玫瑰園。」(No one promises you a rose garden.) 意思是，在人間創造天國，得靠自己努力。

我曾經有過一座玫瑰園，其中包括兩個花壇，八畦花圃，一方露台和三塊巨大的山石。三塊巨石購自附近的園林材料供應公司，各重六百、八百和一千兩百磅，一臥一立一坐，擺成扁長的不等邊三角形。石質灰白幼細，皺摺縫隙中長滿青苔，業者就叫它「苔石」(moss stone)。花壇由暗紅的大塊凹磚依房屋後窗下沿牆疊成，裡面種了五棵樹玫瑰(Tree Rose)，其中最精采的名叫「首演夜」(Opening Night)，花直徑約四、五吋，花瓣長，包裹緊密，次第開放時，感覺在荷花與山茶之間，顏色紋理則似大紅絲絨，最盛時，我算過，連苞帶花有四十八朵。所謂樹玫瑰，是利用強壯的薔薇根莖爲砧木，再將優種玫瑰嫁接其上。另一株樹玫瑰也很受鍾愛，花不大，三吋左右，花色如白茉莉，香味清幽可喜，叫做「法國蕾絲」(French Lace)。

八畦玫瑰圃各種玫瑰七至十四株，中間各有一株樹玫瑰，以收高低相襯、疏密相配之效，蓋樹玫瑰因接種於砧木上端，砧木本身已在四、五呎之譜，優種玫瑰藉砧木根莖的強壯而繁茂，生長狀態良好時，往往形成傘狀樹冠，遠觀近賞，無不相宜。

我的玫瑰園，最盛時計有玫瑰一百株整，從迷你、多花、大花、優種茶玫瑰到英國老玫瑰，品類多、生長旺，七、八月間，開花恆在千朵上下，往來親友讚嘆，鄰居行人駐足，我也沾沾自喜。

然而由盛而衰，不及三年。

如今，我只有一個玫瑰圃，規模縮小十倍，經常只得十幾朵花，除了自己，別人也不怎麼在意。不過，風雨陰晴仍不免留連觀賞徘徊，其中的內涵與滋味，無人能夠體會，因爲，盛衰滄桑，有一個小小的過程。

三年前，兩個長大成人的兒子給我慶生，我們在一家知名的牛排屋用晚餐，兒子請客，開了一瓶法國紅酒，一九九五年的 Chateau Margaux ，據說時價在兩百美元以上，評酒參考書認爲，如果保藏三年，價値應衝破千元。兩個兒子異口同聲：算了，別省了，都省了一輩子了。

那一年的年底，我面臨強迫退休。

我們的晚宴氣氛極好，牛排做得生熟相間，入嘴不覺纖維粗，只聞肉汁香。通心粉油而不膩，生菜沙拉鮮脆甜嫩，尤其是紅色的洋蔥，簡直就像水果。

酒酣耳熱。老二說：「我覺得我們的下一代不能再做邊緣人，應該打進主流社會。我要培養我的兒子參政，我們劉家應該出一個參議員……。」

老大更高興。

「將來，劉家應該像黑手黨，全部住進有圍牆有警衛的深宅大院。我們把叔叔嬸嬸舅舅阿姨全接過來，大院內，一家一幢獨立家屋……。」

當然，兩個兒子並不很清楚，他們的叔叔阿姨輩，如果本家親家全部算，恐怕遍布海峽兩岸和三大洲。全接過來的話，他們的事業，可能得以微軟、思科爲指標。

兩個兒子都受了美國能買到能拚到的最好教育。老大普林斯頓，老二布朗，都是長春藤盟校校友。兩人在新澤西州合營印刷和電腦圖表程式設計公司，前一年的營業額，才第一次超過百萬。那晚給我做壽，也因爲剛拿到州政府的一紙新合同。

兩代合起來的財力，離深宅大院還遠，只夠一幢佔地四分之一英畝三層四臥室的小樓。小樓位於新州，兒子的公司附近，建在一個高爾夫球場邊上。這個選擇，一便於他們上下班，二可以做爲我們週末假期打球團聚的別墅。一物而二用，既解決他們的住房問題，有利於他們專心開拓事業，又增進兩代人共享生活的機會。

小樓後院就接上了高爾夫球場，面積雖不算大，但很開闊，一排常青樹隔開，左邊是第十六洞的球道和果嶺，右邊是第十七洞的發球台和球道，再遠一點，長達四百七十碼的第十八洞寬闊的綠茵球道，就幾乎貼上了天邊。這三洞布置得彷彿成爲我家後院的舞台背景大幕，高球場設計人又在這三洞之間，配合地形，加強景觀變化，開挖了兩個人工湖，從後院望去，活水潺潺，波光粼粼。

面對這幾萬平方呎的綠野波浪起伏，玫瑰園開始胎動。

畫龍必須點睛。

必須想像，夕陽西下時，坐在暗紅石板砌成的露台上，聽身後廚房裡準備晚餐的喧鬧，看眼前無垠白雲藍天碧草，再加上周遭萬紫千紅欣欣向榮的玫瑰園，手裡一杯水晶色冰到恰好的波根地，雖不做黑手黨教父，亦足矣！

於是開始了我爲時三個月的闢土開園血汗生涯。

首先，玫瑰的健康生長，每天至少要六個小時的直射陽光。這一條，問題不大，因爲經過觀察，後院除上午九點以前被房子本身遮蔽以外，九點以後到天黑，陽光經常燦爛。

其次是冬天保溫問題。大多數現代大花品種玫瑰都不耐寒，此間冬溫偶爾降到華氏零度上下，新種植的優種玫瑰必須採取護根措施。我的辦法是用鐵鏟挖土，在根莖周圍堆一個一呎左右的土丘，樹玫瑰的長莖則圍以麻布。第一個冬天過去後，傷亡率約百分之十，第二年補種，便特別留意品種的禦寒性能。

最難應付的是土壤，玫瑰的要求相當嚴格，既須肥沃，貯水性強，又不能忍受積水過久。排水功能稍差，根系便易受損，病蟲害隨之滋生。爲了改良土壤，我曾採樣送交專業苗圃分析，發現我們後院的土，土質近乎黏土。挖一個一呎深的洞，灌滿水，八小時之後，還漏不過一半。加上後院原來的土地上，房屋施工留下的破磚爛瓦和金屬碎片，沒有任何選擇，土必須全部換過。

換土工程浩大。八個玫瑰圃加兩個花壇，一百株玫瑰按株間距離二呎半計，我算一算，如果挖掘深度兩呎，基本勞動力大概要開挖一千五百土石方。這個工程，加上搬運適合玫瑰生長的配製土壤（我的配方是一份壤土，一份腐殖土再加一份沙，攪拌而成），審時度勢，自覺難以勝任，只得雇工執行。

玫瑰園的經常工作，自然少不了滅蟲除害、整枝修葉、灌水施肥。

然而，三月初見成效，到第二年夏天，天堂幾乎就出現在兒子住家兼兩老別墅的後院。

不過，你或許知道，我現在當然也知道，人間的天堂究竟不可能成為不食人間煙火的天堂。

就在我那個難得的生日宴之後不到三年，有一天晚上，老二找我談心，他說，經過周詳考慮，他已決定跟老大分手。其中細節大可不必在這裡談，總之，毫無警覺之下，不到三個月，小樓出售廣告登上了一家收費據說合理的網路房地產仲介商的網頁。再兩個月，小樓交割，兒子分家，兩老失去了每周一次的樂園生涯。

不是還有一畦玫瑰圃嗎？

這是我在老窩裡百分之百用自己的血汗勞動建設的成果。土地是自己開挖的，一半留用，另一半腐殖土與沙則取自本社區的「循環利用方案」。挖出來的石頭，選漂亮的做成圍籬。小花圃也種了十來株玫瑰，風雨陰晴，仍不免留連觀賞徘徊，只是箇中滋味，乏人分享。

優種茶

傑英病了，而且不是吃藥打針便足以對付的小病。今年春初，她例行婦科檢查，發現大便帶血，醫生給她照結腸鏡，在下行結腸內找到了一顆惡性腫瘤，約兩公分。結腸癌與乳癌、淋巴癌屬於一個系統，必須立即切除，否則有擴及肝、腎等主要器官的危險，我們因此採取緊急措施，經人介紹，請哥大外科系教授 Dr. Kenneth Forde 主持手術，截斷下行結腸約二十五公分，重新縫合。幸好她的癌生長部位較高，手術後不必加裝人工肛門，生活品質雖受影響，尚未到不能忍受的地步。

手術過程中，醫生用超音波觀察，判斷肝、腎未受感染，但在腸壁附近的薄膜中，找到兩粒淋巴結，有癌細胞侵入，這一部分雖已切除，但不能保證整個淋巴系統是否無礙，同時爲了預防復發，決定進行化療追蹤。化療由紐約大學醫院的 Dr. Alec Goldenberg 主持，根據病情，他主張用長期、溫和的辦法，每個月五天，減少注射劑量，但拉長療程到半年。這樣做，不但保證療效，而且降低副作用。我們知道，近十年來，人類在克服癌症的醫學研究上，雖有重大突破，但化療這個不分好壞一律追殺的怪物，仍不能十分控制。

我與傑英結褵三十多年，生活雖無大起大落，但也可以說是患難夫妻。她在大手術和化療中，身體體質大爲削弱，我們一家人的精神、心理也飽受威脅。家裡有了病人，我的作息習慣不能不大幅度調整。這幾個月，除經常看醫買藥進出醫院外，我基本上過的是隱居生活。人生免不了憂患，尤其天災人禍的當今世界，更加重負荷，不少人從宗教信仰中尋求慰藉，應算是有福之人。我始終無法進入宗教，只得在理性主義的有限範圍內，自求解脫。下面要談的些許經驗，實與風雅閒情無關，不過是應付命運遭際的小小求生手段罷了。

有一天，閒翻園藝藏書，重讀紐約布魯克林植物園玫瑰師 Stephen Scanniello 的名著《玫瑰一年記》(A Year Of Roses)，忽然奇想：何不在這段大多時間足不出戶的歲月中，化被動爲主動，自己設計、勞動，給病魔牢牢掌控愁緒糾纏不清的這個家，找出一個抗癌以外的生活焦點？

萬花叢中，傑英最愛玫瑰，尤其是優種茶（Hybrid Tea），不妨從這裡談起。

所謂優種茶，專指現代高種大花混血玫瑰。當然，Grandiflora也屬大花品種，身高稍低，但有人認爲它不過是優種茶的一個分支。美國玫瑰協會（The American Rose Society）目前登記有案的優種茶大概有六千多個品種，這類玫瑰的特徵是：花期長，一年分好幾波開放，溫暖地方幾乎四季不斷；花梗長，最適合做切花材料；花體大，一般直徑在三吋以上，有的可以到五吋左右；花苞形狀優美，卵形者柔和，尖長挺立者則柔中帶剛，花瓣包裹緊密，少者二、三十，多者達四、五十枚，由外而內次第依序開放，有若蝴蝶展翅，再加上花色與香味變化無窮，無怪這種玫瑰已成商業推廣的首選，一般人家的庭園，也多喜選用栽培。由於優種茶植株多直立成性，體型高大（可達五呎），加上花大，顏色搶眼，園藝愛好者和公私玫瑰園多專闢花畦培植，很少選入多年生草花圃（perennial border）中，蓋枝葉紋理不易協和，花也過分凸出，不免喧賓奪主也。

紐約市布朗克斯植物園（Bronx Botanical Garden）內的佩吉・洛克菲勒玫瑰園（Peggy Rockefeller Rose Garden，一九一六年由名園林設計師Beatrix Farrand繪圖初建，一九八七年才因洛克菲勒家族捐款完成），優種茶玫瑰畦利用淺綠葉淡藍花的樟腦草（catmint）「砌」邊，效果甚佳。樟腦草叢生飽滿，株短，整齊劃一，毋需修剪，彷彿矮籬，優種茶玫瑰似從綠色花邊中升起，亭亭玉立，豔陽下的花朵，吸引力備增，而且，樟腦草根淺，與玫瑰互無爭奪，遂能和平共存。

爲什麼玫瑰花的品種名稱中加上個「茶」字？這個問題，園藝愛好者如有心追問，頗饒興味。

最早出現的優種茶，品名法蘭西（La France），一八六七年在法國發現，可能是玫瑰國中優種常花玫瑰（Hybrid Perpatuals）和茶玫瑰（Tea Rose）兩個家族的混血。茶玫瑰花有茶香，祖先來自中國。另一派的說法更好玩，追蹤到十九世紀初的中、歐貿易。當年歐洲從中國輸入的兩大玫瑰家族，一個叫中國玫瑰（Chinas），一個叫茶玫瑰（Teas），多由東印度公司的船舶經手托運。由於海運費時，這些貨物需人細心呵護，據說船上的水手因發現異香而命名，但也有人認爲東印度公司的船主要貨物爲茶箱，因此得名，也未可知。

總之，如果追查現代名種玫瑰的血緣，中國玫瑰和茶玫瑰的貢獻不小。

原產地在歐洲和中東的玫瑰，有個嚴重缺點，它們一年只在春、夏開一波花。中國玫瑰的引進和配種，產生了一年多次開花的習性，園藝學上的術語叫「remountancy」，構成現代優種玫瑰所以爲「優」的主要因素。茶玫瑰除傳說中的異香外，還帶來現代優種玫瑰花的黃色基因，英國玫瑰大師彼德・比爾斯（Peter Beales）介紹，一八四五年，英國園藝家Robert Fortune 在一位清朝官員的庭園中發現一個黃色複瓣品種，成爲二十世紀初葉以來黃花系列配種的重要親本。當然，西方植物學界也承認，黃色系列一年多花的玫瑰，中國人可能早已完成，屬於 Rosa gigantea 和 Rosa chinensis 的雜交。不過，由於中國人當時並未掌握人工配種的知識和技術，這些茶玫瑰的混血種，很可能是偶然實現的。中國傳統園藝不懂配種，但因從業者的細心觀察和耐心等待，選種方面的實踐已有千年以上的歷史，中國人是花卉王國中保存生物原種最多的民族，選種是個重要手段，這個風氣，至今仍在發揚光大。台灣風靡一時的觀葉藝蘭文化就是選種技巧的推陳出新。養蘭者一旦發現普通山採蘭略有突變，必然高價搶購，盡心培養，除光照、溫濕度和通風方面極力模仿原始生境外，並研究採用各種促變手段，例如設計特別蘭架，隨陽光移動調整角度，蘭架下建造人工溪流，以增水霧，甚至還有人利用火山石和其他礦物中的化學成分，加強蘭葉的藝變程度和速度。

我開闢的玫瑰圃，共植優種茶二十一株，因方起步，雖屬名種，目前尚無可觀，但偶爾偷閒圃邊飲茶，自可稍解愁悶。傑英病況稍好時，也常下地整理花床，修剪枝葉。中國玫瑰（Chinas）雖有多次著花的好處，但生性不夠強悍卻是個致命傷，以之爲親本改良成功的優種茶，配種過程中未能預防黑斑病（black spot），同時，中國品種多江南產品，性不耐寒，我有一株白花紅暈優種茶，名 Sheer bliss（薄紗神品），美則美矣，能否捱過即將到來的紐約苦寒，仍有待考驗。

種花與抗癌似不能混爲一談，但也有例外。傑英手術後，有三天時間，整個消化系統失去作用，靠打點滴維生。三天之後忽然通氣，Dr. Forde 開玩笑說：「一雷不能成春，但你這一聲雷響卻帶來了春天。」但人體器官十分奇妙，彷彿遇難時懂得躲藏避禍，她的肺葉竟因腸部大創傷而不時自行關閉。關閉時，相當緊張，因爲全身缺氧。那天，已經出院兩、三天了，我正大動土木，一呎深的地下碰到一丸巨石，尖鋤、圓鏟、十字鍬、鐵棍，什麼工具都挖它不出，研究半天槓桿定律，兩手兩腳全用上，依然無動於衷，傑英一旁看，乾著急，實在忍不住，索性捲起袖子幫忙，不料使盡力氣一身大汗，不但巨石挖了出來，肺葉居然從此大開，恢復了常態。

我想，沒有宗教信仰的我們固屬不幸，但倘能坦率承認這一無可奈何的缺陷，勉力與苦難病痛抗衡，雖不能完全免於恐懼，也不失爲自行拯救之一途。這一次，優種茶似乎成了我的見證。

黑金

「黑金」這兩個字，目前有點惡名昭彰，似乎是「祖國台灣」的一個特殊政治文化現象，這不是我要談的。我所謂的黑金，是園藝恩物，種花人的最愛。

不妨先做一個實驗。

乾燥的狀態，捏一把黑金在手中，它鬆散粉碎，不能成團，顏色在灰黑之間。隨手一拋，風可以帶走。灌上水分以後，這漆黑的金便像泥漿一樣。然而，不同於眞正的泥漿，太陽底下曬不到半天，輕輕一碰，又立刻鬆散如灰。

這個簡單的實驗證明了三件事情：黑金這個種花的媒介物，吸水和保水性能強，組織鬆散因此通氣良好，從而也有利於排水。

這三項功能，都是植物發展根系，促進生長的必要條件。如果做爲植材的配料，其中還含有豐富的有機物質，確實寶貴如金了。

這樣的寶貝，到哪裡去找？

必須先了解，它究竟是什麼東西。

所謂「黑金」，西洋人叫 Compost ，中國人叫堆肥。

小時候在台灣，留意過農家製造堆肥的過程。田間低窪偏僻處挖一個深坑，經常挑人畜糞便稍水往裡倒。

再加上曬乾切碎的稻禾，不時攪拌，春耕夏作時期便可以看到農人一擔擔挑往水田、旱田和菜地分瓢使用。但這種堆肥，是在人工化肥還沒有大量生產普遍使用之前的辦法，卻不是我說的黑金。

所謂 Compost ，泛指一切有機物分解後形成的又似土壤又不完全是土壤的那種東西。這個，只要有空往樹林裡跑一趟，便可以發現，林地表土層上面，經常覆蓋著一層細顆粒狀，介乎沙與土之間的灰黑色東西，就是天然形成的 Compost ，多由年深日久的落葉枯枝分解而成。

然而，生活在現代都市或都市邊緣的郊區，要搞園藝，不可能經常到森林裡去開

「礦」，那工程未免過於浩大，不切實際。

這裡談到的「黑金」，專指人工可以製造的Compost，且不必像傳統堆肥那麼大張旗鼓，何況，今天到哪裡去找大糞和潲水！

這個名稱其實不是我的發明。

多年前，應邀到一對愛爾蘭花癡夫婦家作客，第一次聽到這個說法。

這個花癡庭園，規模並不很大，連房子車庫車道，不過一英畝左右，然而，小院人家的花卉草木，比什麼名園大宅都精神，甚至比專業植物園的還要弄得更好。小園裡，其實也沒什麼稀有收藏珍貴品種，全是園藝市場上經常栽培推廣的普通貨。令人吃驚的是，這些平凡的材料，一到他們手中，卻煥發出平常看不到的色澤與光潤，彷彿每一株都成爲花展中的典範神品，村姑變成了仙女。我敢說，那是我有生以來見到過的人工環境中生長培育的最快樂的植物。

訪者當然要請教這種超凡入聖的綠拇指功，祕訣何在？

花癡先生的答案倒也簡單，只有兩條，一曰深挖洞，二曰廣積糧。

深挖洞者，double-digging也。這卻沒有什麼稀奇，凡稍通花事者都知道這種基本功。即開墾土地時多費一道手續，圓鍬入土要到兩鏟（約二十英寸）的深度。每一鏟挖出的土，不能擺回原地，應倒進前一鏟製造的洞裡。此外還有一個要領，表土與底土不能互換，因兩者各有不同性能。

廣積糧才是那天學到的新生事物。

花癡太太領頭，帶我們到後園隱蔽處，那裡有一道迎春花密集叢生修剪齊整的綠籬，綠籬後便是寶藏。這是我們的「黑金」製造廠，她說。她用的就是這兩個字──Black Gold。綠籬後面有三大疊長方塊。第三疊是黑金成品，隨時取用。第二疊仍在製造過程中，上面隱隱可見熱氣蒸騰，手伸入其中立刻感到炙膚高溫。第一疊看來是剛入廠的材料。

花癡太太介紹。原料主要是草坪剪下的碎草，秋天的落葉和一切可以分解，腐爛的物資，如殘羹剩菜（不帶肉類）、舊報紙等。材料不夠時可以到附近鄰居收集，因大多數人家剪完草都用塑膠袋裝好置門外路邊等垃圾隊收走。重要的是，這些不同的材料必須分層堆疊如蛋糕。尤其是含氮多的草葉，和含碳多的橡樹葉，不能太厚，太厚妨礙空氣流通，不利分解。此外，每一層灑些化肥，對於分解有機物的細菌繁殖有促進作用，如再加上些石灰，則入土後有助於土壤絮結（flocculation）。然後，經常澆水、攪拌，大約兩、三星期後可以達到最高溫度，三個月左右即能出貨。

「我們這裡的土質結構本來不行。」花癡先生介紹：「基本上是黏土，吸水、通氣和排水功能很差，經過十幾年的不斷改造，可以說，這個園子裡凡有植物生長的地方，包括草地、地面兩英尺左右的地層，如今都像海棉一樣……。」

見賢思齊，我於是在自己家裡大動干戈。黑金製造業，聽起來簡單，身體力行可不那麼容易。材料倒是不虞匱乏，每星期剪草一次，每一次都有好幾大麻袋。枯葉也用之不竭，後山有的是大片樹林。分層疊蛋糕也難不倒人，釘耙梳理一下就行。最麻煩是澆水，由於不能離屋太近（怕白蟻），水管就得買上一百五十呎，每次拉出去收回來都不勝其煩。

最難對付的是翻攪，尤其是雨多的日子，每一耙每一杈都有千斤之重。壓死駱駝的最後一根稻草是蜜蜂。

有一天，天朗氣清，例行上工。一杈插下去，不幸戳爛了蜂窩，憤怒的蜂群如神風特攻隊，我抱頭鼠竄，逃進家門已滿頭滿頸（幸好那天著長褲長袖）紅腫發燒。除了痛苦，還緊張，因聽說南美洲一種殺人蜂已移民到美南，正向北移。結果不得不趕往醫院掛急診。

自力更生既然潰不成軍，只好忍痛花錢買。鄰近苗圃有上等成品出售，每一包四十磅，價格隨種花季節漲落，一元九毛九到三元九毛九美元不等。實行兩年，我算了一下帳。我家種的植物，大大小小在內，總數在千株以上，即平均以每株每年消耗二十磅計，總數也相當驚人。何況，眞要十全十美，每年二十磅，對一年多年生草本植物也許恰好，大型花木則遠遠不夠。

窮則變。我打電話到郡政府環保科求助。相信那是個冷衙門，少人問津，接電話的專員小姐大喜過望。「我們一直在鼓吹生態平衡，回收利用的……。」她說。威郡是個丘陵地，道路曲折，林木蔥鬱，爲了保護道路和電線，郡政府有個車隊，經常砍修樹枝，打成碎片，加上家家戶戶剪下的草葉，全集中在某個公園的僻靜處終年全天候製造黑金。

從那以後，春秋假日，風雨陰晴，每見一花心不減當年的東方人，開著箱型車，手持長柄方鏟一把，Heavy-duty 的大號垃圾袋一打，在公園杳無人跡的林地外緣，黝黑似墨閃爍似金的峰巒疊嶂處，開山挖寶。

台北看花

到任何一個地方，看花看建築看人，積習多年，大概是改不了的，尤其是看花。這次到台北過年，雖然親戚朋友安排了不少節目，雖然爆竹成天響，政治社會花邊新聞成天熱鬧滾滾，看花的情趣並未因此稍減。街頭巷尾、深庭小院、陽台上、窗戶內，凡有植物處，便免不了注意留戀，像那天行經泰順街一條小巷，牆內日式老屋簷前，一株高大的金桂滿樹生花，滿巷飄香，光這一眼便挽救了幾乎窒息的一天，所有因機車、醜房、噪音、臭味交征侵犯而引起的滿身燥鬱，竟一洗而空。

在溫州街的一條小巷裡，一位老太太正在灑水。她的蘭架上擺滿了各種品類的國蘭西洋蘭，全都綠油油欣欣向榮，有的正在開花。恰好她開著門，我忍不住駐足。

「那不是達摩嗎？」

我驚異這麼一個普普通通的人家居然培養著如此貴重的名種。

「你先生也愛蘭花？」老太太反問。

多年前我在海外的中文報紙上讀到過，一棵「達摩」的天價可以要到幾百萬元。我只看過照片，未見實物。從圖片看，所謂「達摩」也許是報歲蘭的一個變種，墨綠葉，葉幅寬而短拙，可能因此讓人聯想達摩面壁的故事。至於它的葉藝究竟有什麼神奇變化，看不到實物，難以判斷。

「這棵『達摩』是撿來的，」老太太說：「我的這些蘭花，差不多全是撿來的，我這裡是蘭花的孤兒院。」

七、八年前，有一天，老太太出門倒垃圾，發現隔鄰的垃圾堆裡，有一盆蝴蝶蘭，花雖枯謝，葉片還很健康，於是搶救了她的第一個孤兒。這些年，台灣流行把蘭花當禮物，過年過節、生日派對、婚喪喜慶，一盆群植五、六株開花數十朵的蝴蝶蘭、文心蘭、石斛蘭，要價不高但漂亮搶眼，比傳統的水果糕餅禮盒更受歡迎。既是應景禮品，除極少數對養花眞有興趣的，大多便在節慶後當垃圾處理，老太太的孤兒院，沒幾年便滿坑滿谷。

「要不要拿幾盆回去玩玩？」老太太問：「這棵加德利亞已經打苞了，黃花紅心，很美的……。」

我婉謝了她的好意，不是不想要，紐約機場當今如臨大敵，沒有農業部核發的入境許可證，夾帶植物闖關，後果十分嚴重。

台灣不是CITES（《瀕危野生動植物物種國際貿易公約》）的簽約國，也許是不能做聯合國會員國的意外受益者。因爲不受這項公約的限制，台灣目前是全世界蘭科植物基因庫最豐富的國家，不但本地的蘭科植物研究者、育種專家受益匪淺，全世界的專業蘭界都必須到台灣朝聖，想方設法到台灣找稀有的育種親本。有一次，我到賓州一家商業蘭園參觀，發現他們有十株非常稀有的拖鞋蘭，這個品種的學名是Paph. sanderianum 'In-Charm' X Paph. sanderianum 'Shin-Yi' SM／TPS，從「Shin-Yi」這個字便可推想育種者必然是個台灣人，果然，蘭園主人坦白相告，他剛從台灣回來，這十株拖鞋蘭便是這次旅行的收穫之一。每株不過三片葉子，每片葉子不過兩、三吋長（成株的葉片應在一呎左右），他要價一百美元一棵，而且先警告你，至少還要小心培養五年，才有開花希望。

在台北看花，我應該算是老經驗了，小時候便喜歡一人獨自亂轉。台北市當年還是個小城市，我們住在幸町七條通（即今天的臨沂街十九巷），通底隔一條小溪（大陽溝），溪過岸皆是阡陌稻田，那是築土壩、堵田水、拿簸箕撈魚蝦的冒險國度。溪這邊，從四條通到九條通，一式日本木造榻榻米平房，大多為中央信託局、糧食局、水利局等省級單位宿舍，家家矮牆內有個不大不小的院落，家家都有花草樹木，這是我拐彎抹角偷花折果的國度，偶得一兩棵日日春、指甲花，便能興奮莫名，如果隔年埋下的美人蕉塊根發芽、茁長、開花，那就像上了天堂。但那時種花實像個熱戀昏了頭的小青年，只知愛不知惜，完全不理會也不了解對方眞正的需要，愛花人不免成為摧花賊，然而，仍執迷不悟，屢敗屢戰。

童年花藝不精還可能有些遺傳因素，我父親也有點綠指癖。因為工作的關係，他經常到處出差，有一年且從蘭嶼帶回來幾塊蛇木板，上面盤纏蚯蚓似的綠根，葉片肥厚圓挺，其中一株後來竟伸出花芽，可惜花未全開便給蟲吃了一半，但從那半朵花，我腦子裡留下了 phalaenopsis amabilis(L.)Bl. var. aphrodite Ames（台灣種白花蝴蝶蘭學名）的印象。台灣的白花蝴蝶蘭曾多次在國際蘭展上獲大獎，成為育種的重要親本，原產地在恆春半島及台東以南太麻里、大武、安朔等熱帶叢林和蘭嶼的各種榕樹上，目前相信只能在蘭園中找到，原始生境內早已趕盡殺絕。

父親養蝴蝶蘭大抵像陶淵明讀書，因此沒兩年，蘭根或乾或爛，蘭葉萎黃凋落，不久，他的興趣又轉移到菊花去了。那幾年，反攻大陸漸成神話，父親和他的同輩朋友，開始從本地毫無節氣感的重九菊花展覽中，重溫舊夢了。

台北看花，除了大街小巷，除了這幾年增植了山茶與四季桂的台大杜鵑花城，不能不到建國花市，因爲那是典型小市民趣味的超級大匯演。

這些年來，每次回台必定抽空逛一逛建國花市，每次必有所獲。十幾年前，從花市攤商買到一包蔦蘿種籽（原產地四川，但台灣到處生長，美國只在植物園內見過一次），此後每年春天必砍竹枝紮花架，每夏必有盛大演出，每年秋天收種後，必分送親朋好友。此物雖不如紅豆相思，但朱紅小花綠羽藤蔓，也極纏綿。

花市大量展出的改良種蝴蝶蘭，已經成爲傾銷商品，一盆台幣一百元，比牛肉麵貴不了多少。前文談到的「達摩」，原以爲價値連城，在這裡要價也不到一千，難怪老太太可以從垃圾堆裡撿到。時當節令，我只花五百元便買了兩盆一向以爲稀有的白花報歲，每盆各七、八頭，三枝長花梗高出葉平面七、八吋，每枝花梗著花九至十七朵不等，花色素淨淡雅，花香愈遠愈清。報歲蘭葉墨綠，葉片半垂而立，葉幅寬厚，有革質感，且幽幽帶光澤，整體的觀感溫柔敦厚，清雄秀逸，如顏眞卿《東方朔畫贊碑》。這兩盆花，見到便不能不買，又不能攜回紐約，乃送贈弟妹。

建國花市看花，雖易有斬獲，但因不脫小市民趣味，終覺有憾。台灣的花商，一向不注重顧客心理的長期深入，園藝產品如日用百貨，刺激消費，用完就扔，包括一些大規模的蘭園（如陽明山的白雲山莊），我從來找不到任何花木的拉丁學名、原產地以及相關的知識。這方面，與先進國家類似產業的經營管理哲學比較，還有一大截距離，台灣仍停留在暴發戶的樹小牆新階段，跟我童年時代的心態沒什麼兩樣，迷戀有餘，疼惜不足。

草山行腳

到現在還記得我的草山處女印象，那不是山，是樂園。對，那時候只知草山，不知陽明山。長大後，聽說大陸曾謠傳「蔣介石如今落草爲寇」，故改名。當然，官方的版本不同，完全爲了「宣揚固有文化」，寓意自深。

第一次上草山是用腳走上去的，十歲的腳。

得四點起床，得從紗廚（那時還沒有冰箱）的剩飯剩菜裡偷製一個小便當（偷完恢復原形，以免被發現），得靜悄悄全副武裝（小刀、彈弓、火柴……），得沒聲沒息摸出大門。四點半，以同樣做案手法備戰的弟兄們，來到了巷口的三輪車站集合，然後，呼嘯出發！

上草山的路，也與今天大異其趣。

從幸町七條通出發，經臨沂街往北，過忠孝路（那時還沒有忠孝東路，忠孝路只是一條小街，現在的忠孝東路原名中正路。至於最初爲台北市街道命名的人，爲什麼不把與仁愛、信義、和平三條大路平行的濟南路稱爲忠孝路，卻把濟南路以北的一條小巷子命名爲忠孝路，這個緣故，至今不明。）轉入中正路往西，走到中山北路（別忘了那裡原來有個蔣介石的銅像，而且沒有高架橋）向北，直奔圓山、士林，再一路經老北投、新北投，尋路上山。

上山的路卻不是康莊大道，弟兄們之中，其實沒有人知道該怎麼走，唯一的指標是紗帽山，沿途只要看見往上的小路便走，反正草山對我們而言，只有一個意義：初春時分，前山和後山公園櫻花盛開，有一種專吃櫻花花蜜的小鳥，成群結隊在其間穿梭飛鳴，就是我們的目標。這種小鳥，當時沒有人知道名字，因羽毛呈黃綠色，我們管牠叫黃鶯，長大了才明白，那應該是金翅雀（finch）的一種。

除了用彈弓打鳥，草山長征的最大樂趣是偷採橘子和偷挖番薯。因爲有橘子，水壺都不用帶，「地瓜」則挖地生火造窯埋入其中，這是下午歸程的點心。

也可能因爲童年上草山是這麼個玩法，今年在台北過春節，遇到二十年的老友提議去陽明山看花時，便直覺地計畫「用走的」。結果，老友居然毫無怨言跟我一道來了一次如假包換的大行軍。

當然，這把年紀，再怎麼大行軍，也不可能像從前那麼瘋狂。不過，這趟草山行腳，的確比得上雲遊四方的僧侶。

我們先到故宮博物院，看完法國繪畫展（老友和我都認爲塞尙的那張最好），再坐計程車上山。幸好那天不是週末，花季期間的上山路沒給封死，所以，大行軍的起點應該從公車總站附近開始。按照我腦子裡的印象，那一帶應該就是前山公園的所在地，卻怎麼都找不到。不錯，附近蓋了不少房子（自然是一幢比一幢醜），可是，偌大的公園不可能就這麼消失的吧。記憶中，不僅櫻樹成千，且其中遍植杜鵑，又有小橋流水嶙巖步道，地價再怎麼漲，公有地怎麼可能拿來變賣生財。後來仔細打聽，才弄明白，原來櫻花砍剩下不到一百株，日據時代規畫經營得頗有格調的園林，東挖一塊，西砍一角，蓋了些奇醜無比的溜冰場（水泥）、籃球場（水泥）、游泳池（水泥）。難怪我們找不到，原來急功近利的官僚們，大凡稍有品味的東西都看不見，只會按照他們的腦袋去造福民生。此外，不能不讓人想到：不搞建設，哪有回扣？

前山公園是毀了，後山公園呢？擴大了，沒錯，不過，究竟是美的擴大？還是醜的擴大？不容易說清楚。

從前山往後山，我們走的是人行步道。這條人行步道，應該說，還不算殺風景，特別是靠山邊高地的那一段，因爲沒有空間施展，多少保留了自然。

後山公園卻是另一個故事。停車場與風景區臉對臉貼著，這個設計便該打屁股。風景區裡的亭台樓榭和其他雕塑布置，想像中，每一個都覺得有不如沒有。整個園區是依山勢種植部署的，照理應該像英國式的 woodland planting，高矮相間、疏密有致，然而，中國人貪多的老毛病又犯了，叫人遠觀近玩都透不過氣來。人多固然免不了難以從容，流動線的設計教人無所適從才是問題。因此成千上萬的遊客便像從搗毀了的蜜蜂巢螞蟻窩裡跑出來似的，亂成了一團，在花間林下爭鬥奪路搶拍紀念照。京都與華盛頓的櫻花季也一樣有人潮洶湧爲患，但何曾看過這樣的場面。夾雜在人群中的我們，竟好像有逃難的感覺，此行不是爲了賞花的嗎？

草山行原來野心很大，從後山公園還想去大屯自然公園，走一走環湖步道。除了緋紅櫻、吉野櫻、杜鵑、華八仙，還想找一找金毛杜鵑、烏皮九芎、呂宋莢迷和山琵琶，卻看圖問人怎麼都找不到正確的路。不過，走錯路有時也有意外收穫，誤打誤撞，我們走進了大屯瀑布區。雖然因爲天旱缺水，看不到眞正的瀑布，但由於天然地形上下落差大，整個瀑布區溪流兩岸開鑿了曲折環迴的小徑，溪旁山崖植被密布，尤其是桫欏科的樹蕨（一稱蛇木，據說新芽的金毛有止血功能，樹身則爲重要的蘭花植材），體形挺拔，生長茂盛，援小徑上下步行，隨處可見蕨葉張開似羅傘寶蓋，葉色鮮嫩，青翠欲滴。這麼精采的地方，卻不知什麼緣故，遊人幾乎絕跡。只遇到三、五個人，看來都似常客，或徒步登攀，或山岩打坐，或俯首看書。也許不是觀光重要景點，這裡的石欄小亭也比較質樸，長期水氣氤氳，青苔地衣附生後，益發宜人。

除了大屯瀑布區，離公車總站不遠的「草山文化行館」也值得一看。這是蔣介石遷台早期的落腳處。日式木屋，用料頗考究，但格局不大，不像皇帝的行宮，倒像個開祕密軍事會議的場所。面南長廊可望見台北市煙塵。我站在檜木地板重修的廊上，遙想鐵馬金戈蔣介石當年，抗戰勝利後如日中天的世界級領袖，僅僅四年，八百萬大軍灰飛煙滅，九成九河山拱手送人，那種心情，欲向誰說？

我曾在廊上仿老蔣踱步沉思，著實調侃了他一番。如今想想，自己現在的年紀也就是他當年的年紀。純以人生經驗而論，我年輕時固然有過激烈的反蔣思想和行動，但同他的大起大落相比，終究微不足道，有什麼資格嘲弄古人呢？歷史如長江大河，浪淘盡的，也許不只是千古風流人物吧！

草山行館的修繕，盡可能保持了原色原料，龍應台應記功嘉獎。

大行軍結束前，碰巧看到一家草野風味的餐館，高麗菜山雞加啤酒，意外甜美。兩株高大的古樟樹，葉茂枝繁，有可觀。

草山行腳的終點不在草山，在台北中正紀念堂前的燈會。我們到時，已近燈火闌珊，且傳統民間活動，一經官方統籌組織，就成了飼料雞，食之無味，令人敗興，這一次，也不例外。

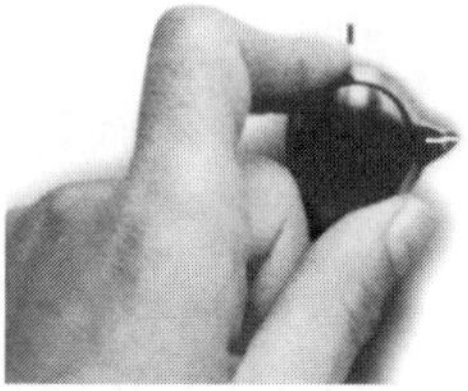

第四輯

身外事

處死麥克維

預感到未來世界的媒體魔力，藝術家安迪．沃荷（Andy Warhol）三十多年前就說：「將來，每個人都可以出名十五分鐘。」二〇〇一年六月十一日晨七時十四分（當地時間）宣告死亡的提姆西．麥克維（Timothy Mcveigh），出名可不止十五分鐘。

從一九九五年四月十五日他用租來的 Ryder 卡車載運七千磅人造炸藥炸毀奧克拉荷馬城的美國聯邦政府大樓開始，到三十三歲壽終正寢，他名滿天下超過六年。而且，他出的名，頗不一般，不但出大名，甚至，如果不考慮一百六十八名受害人（其中有十九名兒童）及其親友的感情，在媒體馬戲秀的炒作下，麥克維已經成了不朽的傳奇人物。

聯邦政府處理這件事不可謂不慎重，這次處決是一九六三年以來的第一遭，文明的歐洲輿論不佳，紛紛譴責，美國本土的宗教組織和反死刑團體也交相指責，藉機示威，宣傳他們的人道主義主張。因此，從辦案到審案到執法，程序正義成了焦點。據精挑細選的十名媒體代表在兩呎距離隔玻璃窗目擊行刑經過後報導，整個過程乾淨、合理而平靜，所有細節都掌握準確，執法人員態度客觀，百分之百專業化，看起來像第一流的外科手術。

福斯新聞系統的史密斯報導得極爲詳盡：麥克維穿白色T恤卡其褲和球鞋，兩手兩腳綁在行刑床上，上身微微抬起，身體蓋上氈子再罩一層白布，彷彿木乃伊。七時零六分，典獄長宣布，我們準備好了，問麥克維是否有任何遺言，他沒有反應，他只是略微轉頭，用他如今已經公認的冷峻眼光輪流盯視窗外的目擊證人。除媒體代表外，還有受害人家屬代表在另一扇只能一面透視的窗外觀察，有的家屬帶了他們受害親屬的照片貼在窗上，他們希望看到麥克維臨終前的懺悔或恐懼，他們什麼也看不到。麥克維的全部努力似乎只是爲了控制自己不產生任何表情，他彷彿要告訴大家：我控制一切，我要聯邦政府做我要它做的事。七時十一分，右腿針管注入麻醉劑，麥克維進入睡眠狀態。七時十二分，注入毒劑，呼吸系統停止。七時十三分，注射氯化鉀，心臟不再跳動，皮膚開始變黃。從頭到尾，麥克維睜著眼睛。

在他出大名的六年中，麥克維始終活在他怪異的「歷史人物」自覺中。他始終認爲自己是一名戰士，敵人是剝奪侵蝕人民基本自由和權利的聯邦政府。他曾經爲聯邦政府賣命，中學畢業後從軍，波灣戰爭期間，他多次獲得勳章。戰爭結束後，原計畫申請加入特種部隊，但遭淘汰，這是他幻滅的開始。退伍後回到家鄉打零工過活，睡在爸爸的沙發上混日子，大概就在這一段時期，他接觸到美國落後的內陸地區醞釀發酵的反聯邦政府思想，《Turner's Diary》（《騰勒日記》，一本反聯邦政府思想代表作）成爲他的聖經。聯邦政府採取暴力手段處理愛達荷州紅寶石嶺和德州瓦柯大衛教派事件證實了他的信仰。一九九五年四月十九日炸毀奧克拉荷馬城穆拉聯邦大樓的行動，他選擇的就是瓦柯事件的兩週年紀念日。

麥克維有強烈歷史意識是不容置疑的。被捕後他盡一切力量保護自己的烈士形象。媒體追逐他好像超級明星，他只挑那些最能理解他「革命思想」的人做專訪、報導、寫書。等待行刑期間，他著意餓肚瘦身，他要自己出現在行刑的歷史鏡頭前，像一個受盡納粹迫害的猶太死囚。他要在人們的腦中心中留下聯邦政府殘酷、人民英雄受難的永恆印象。

他的冷峻目光說的就是這個。

他留下一首絕命詩，可惜他不是汪精衛，寫不出「不負少年頭」這樣的句子。他抄錄的是英國詩人 William Ernest Henley 一八七五年的詩作〈Invictus〉。詩題是拉丁文，意思是「征服不了的」，裡面有這樣的句子：「從覆蓋南北極深黑如地獄的夜暗中，我感謝任何神祇，賜給我征服不了的靈魂。」「在命運大棒打擊下，我沒有畏縮，也不叫喊；雖頭破血流，也不低頭。」

據心理學家分析，這首詩最受美國反叛父母的青少年欣賞，往往用以明志。如果屬實，則所謂「革命志士」，不免成爲笑譚。

究竟是革命者，還是迷途青少年？我覺得問題沒有那麼單純。

六年前，爆炸發生後，我寫過一篇短文〈心腹地帶的恐怖〉，裡面提到過這樣一些事實：「麥克維……是密西根州民兵組織的成員。這樣的民兵組織，近年來發展迅速，分布到全美國三十三個州，成員上萬……。」

「最激進的蒙大拿州民兵組織發行一種多媒體的訓練手冊（錄影、錄音和文字圖片）。內容除革命理論外，還教導讀者如何在美國進行都市游擊戰，包括突襲、爆破、綁架、暗殺、保密通訊和神經戰的各種技術細節。」

美國內陸心腹地帶近年來湧現極右思潮，衍生出兩千多個小組織。電視、電台脫口秀、叩應節目風起雲湧，加上近年來的網路技術，一個我們無從理解的「美麗新世界」，彷彿就要成形。這個新世界，混合了極端個人主義、白人至上論、新納粹和反移民思想，絕非「青少年叛逆心理」可以解釋。

要眞正了解麥克維和他異於常人的行爲和態度，必須從這個背景下手。

麥克維曾授權兩位作家 Lou Michel 和 Dan Herbeck 寫一本書《美國恐怖主義者》，書中他提到爆炸殺害的兒童，稱之爲「附帶損毀物」。這個用語激怒了很多人，對他自己的「革命大業」造成了極大負面影響。這個小小事故有助我們認眞分辨「革命」、「恐怖行動」與「叛逆」之間的微細差別。

任何社會苦難都可以成爲「革命」的藉口，然而，「社會苦難」是個長期發展、錯綜複雜的過程，現代社會的多元救濟體制，規定了暴力革命手段不可行。

麥克維及其夥友，充其量只能看做個人挫折的失衡反應，雖然他從頭到尾表現了某種「硬漢」姿態。這個「硬漢」，不過是愚昧虛脫的個人夢魅。

恐怖登峰造極

這幾天，眼睛天天膠著在電視機上。幾乎每隔一陣，電視畫面便出現聯航一七五號班機筆直衝進世界貿易中心南大樓的鏡頭。火光煙塵像廣島原爆，撞擊的剎那是九月十一日上午九時零三分。十時零五分，事實上已經過了一小時零兩分，但電視畫面剪接在一起，一百十層兩百五十萬平方呎經常有兩、三萬人出入使用的大樓，忽然在煙塵迷漫中向下墜落，彷彿現代建築業預裝炸藥引爆的破舊樓廈。

電視往往只有畫面，沒有錄音，因爲攝影機可能裝設在二、三十條街道以外的樓頂，給人的感覺因此特別虛假，讓人無法想像隨鋼樑、混凝土塊、玻璃一起下沉的樓體裡面，有多少人面對死亡前最後掙扎呼喚的無邊恐怖。

這種虛幻，喚起了年輕時讀三島由紀夫小說《金閣寺》的感覺。「恐怖」與「美」的結合，可能是三島天才的最高表現。日本文學批評家村松岡說：「我認爲三島文學的一貫主題就是：如何在『虛妄』之上，開出『美』的燦爛花朵。」

「虛妄」這兩個字，應該是佛家用語。虛者無實，妄者無眞。既然無實無眞，若想開出「美」的燦爛花朵，大概非出之於最激烈的手段莫爲。三島小說之所以迷人，這種超乎常態的激烈或許即其祕訣。相信陽明哲學的三島，切腹自殺完成一生，也未嘗不可以說是以「美」超越「虛妄」的力行手段。

以劫持的民航機作爲炸彈，以神風特攻隊的決心摧毀作爲世界金融貿易強權象徵的雙塔（Twin Tower），其規模、其效果、其背景之複雜、其設計之精密，顯然遠遠超過一名精神恍惚少年手持火把將金閣寺付之一炬的行動。因此，如果撇開人間的法理人情，拋棄世界通行的人道主義原則，夷平雙塔、撞毀五角大廈的「九一一事件」，從表面觀察，實已臻恐怖主義手段的登峰造極境界，尤其在不見血肉的遠鏡頭裡，紐約的偉大地平線，籠罩在火光煙霧中，雙塔倒塌後露出的空白，震撼人心。所謂「在『虛妄』之上，開出『美』的燦爛花朵」，三島地下有知，必然自歎不如遠甚！

事件發生後，這兩、三天，據美國司法部長 John Ashcroft 說，聯邦調查局已將其一萬兩千名幹員的三分之一，投入追查工作。到目前爲止，根據依線索查到的資料，隱約可將這次行動的設計歸納如下：

參與劫機的成員，共十九人，彼此不聯繫，但聽統一的指揮信號起事。部分成員熟習現代民航飛機的駕駛和操作，現已發現他們大多在美國佛羅里達州和其他航空學校受過七個月以上的專業訓練。他們選擇的民航飛機，全部是國內航線中橫越美洲大陸的遠程航班，因此每架飛機的載油量都在一萬兩千加侖以上。燃油因劇烈撞擊起火焚燒，製造了華氏兩千度的高溫。雙塔的結構，主要靠周邊巨大鋼樑支撐，每一邊六十六根。建造雙塔的原設計人其實已經有過災難預防的構想，一九七〇年代初期陸續建成的這個高樓群（世貿中心共有七座大樓，但只有雙塔成爲地標），可以承受颶風、地震以及當時最大的民航機波音七四七的意外撞擊，但大火高溫燒到兩千度的情況，顯然超出想像之外。

純從軍事作戰的角度看，無論是東方的孫子或西方的克羅塞維茲，都以「不戰而屈人之兵」爲最高戰爭原則，如果戰爭無從避免，以最小犧牲換取敵方最大傷害自然成爲最高的致勝手段。目前看來，有關主謀元凶的一切線索指向奧薩瑪．賓拉登（Osama bin Laden）。此人出生葉門，現年四十四歲，父親是沙烏地阿拉伯的大建築商，爲該國最大富豪家族之一，他本人於一九六八年繼承遺產三億美元，受過高等教育，曾獲土木工程學士學位，據說有能力掌握現代高科技。賓拉登可以說是當前美國的頭號敵人，近年活躍於阿富汗，在阿富汗武裝集團塔利班（Taliban）的抗蘇戰爭中嶄露頭角。塔利班現已控制阿富汗百分之九十五的土地，賓拉登的一切活動自然受到保護。九月十二日美國總統布希的講話中有一句非常重要的話：「我們不區別犯罪者與窩藏者。」這是美國對抗恐怖主義政策上的大轉變，隱含濃厚戰爭氣息。所謂窩藏者（those who harbour them），雖未明言，當即指塔利班和任何可能暗中資助、支援賓拉登的國家，一般推測，伊拉克、伊朗、利比亞、敘利亞和蘇丹都有可能。

賓拉登手底下據說有兩萬五千多追隨者，他的組織叫 Al Queda，廣義可譯爲「基礎」，顯然與他信仰穆斯林原旨教義有關，但狹義的解釋也可譯爲「根據地」或「基地」。賓拉登在塔利班控制的阿富汗設有不少基地，從事各種現代恐怖主義行動的訓練。一九九三年世貿大樓卡車炸藥爆炸案，一九九八年肯亞與坦桑尼亞美國大使館爆炸案和二〇〇〇年美國停泊葉門的驅逐艦科爾號（Cole）爆炸案，一般認爲出之於賓拉登的幕後操縱策畫，但這些案件，發生在美國本土以外，震撼力雖大，仍屬於恐怖主義的範疇。這次事件，產生了質的飛躍，策畫者只需要徵召幾十名具有必死決心的青年，花錢讓美國的現成民航教育機構替他培訓，利用美國人自己的民航客機做成自殺炸彈，摧毀美國的政治、經濟精神堡壘。以如此小的犧牲，換取敵人如此重大的物質毀滅和心理創傷，這種戰術，不能不說是空前成功，如果確實是賓拉登的「傑作」，不能不承認他的非凡天才。純從戰爭角度看，賓拉登的成就，不但凌駕拿破崙、希特勒，在以小搏大以弱克強這個典型中，恐怕善用游擊戰的毛澤東都望塵莫及。

然而，我們能允許自己向這樣的「天才」頂禮膜拜嗎？

站近一點，不可能不看到成千上萬人的掙扎、苦難、血淚與死亡。有人稱這次事件為「珍珠港第二」，可是「珍珠港」的作戰對象是軍方，被突擊的美國海陸空軍至少有還擊的武器和機會，雙塔內外的犧牲者，全是手無寸鐵的無辜平民，他們從頭到尾沒有任何心理準備，根本不明白為什麼遭遇毀滅的命運。

站遠一點，我們不能不懷疑，人類文明是否有足夠的彈性，容忍並承受這種戰爭手段。

當然，在電視、電台和報紙連續三天無窮無盡的報導、討論和分析中，我也發現，美國人問了無數問題，唯一一個問題，也許是牽涉最深的一個問題——這些人，為什麼如此仇恨美國——始終沒有出現。

現在，已經有人在說：這就是二十一世紀戰爭形態的主流，甚至可以說，這就是第三次世界大戰的開始。

如果不幸屬實，我們的唯一希望似乎是：人類的智慧，如果根本不可能超越戰爭，至少應超越冤冤相報的惡性循環。否則，作爲地球上綿延億年以上的族類之一，出現至今不過五百萬年左右的人類，聰明才智也許非其他族類可比，但在終極生存的智慧上，不但趕不上老鼠、蟑螂，甚至連瀕臨滅絕的熊貓與現已滅絕的恐龍都不如。

戰爭前夜

二十一世紀第一場戰爭箭在弦上，一觸即發，一向自掃門前雪的美國人，從政客官僚到販夫走卒，愛國主義情緒高漲，好戰氣氛濃厚。我住在離世貿雙塔不到三十英里的距離，屋後高地上，天氣晴朗時，至今仍可看到廢墟上空的煙塵，接近出事地點的朋友甚至打電話說，他家窗戶一開，便可以聞到異味，彷彿骨灰。

上星期，因事開車去長島，途經皇后區，交通阻塞遠遠超過平日尖峰時段，只因爲中、小學生都被動員走上街頭，揮舞星條旗，手搖標語牌，號召所有路過的汽車按喇叭，表示支持美國的「新十字軍」（布希用語）。皇后區是紐約市的五個區之一，位於曼哈頓與長島之間，居民以藍領階級爲主，「九一一」事件中犧牲慘重的救火隊與市警察，大部分成員住在皇后區及其南的布魯克林。這兩天，司法部長宣布聯邦調查局幹員查案，發現美國有些具中東背景的阿拉伯人，已經申請並取得卡車貨運炸藥和其他危險物資的特別執照，爲了防患未然，下令全國農用飛機停飛，禁撒農藥（crop dusting）。全國公路交通網也受到嚴重影響，特別是近年來成爲經濟活動大動脈的貨櫃車，每行駛一段便得停車檢查。從新澤西州進入紐約市的一個重要通道荷蘭海底隧道（Holland Tunnel），由於紐約市這邊的進出口關閉，大多數車輛必須改道，從哥薩爾斯橋（Goethals Bridge）經史坦登島（Staten Island）到弗拉尚諾橋（Verrazano Bridge），不到十分鐘的車程，昨天（九月二十五日）塞車平均三、四小時。

商業和金融市場的戰爭氣氛自然更爲濃厚，各大航空公司與波音的裁員動輒以萬計，兩星期已達十萬人。民航雖然恢復，客運量不足百分之五十，三大汽車製造公司都估計下個季度的銷售下降百分之十五到二十。九十年代初期以來成爲所謂「新經濟」（New Economy）支柱和火車頭的高科技產業，本來就在前一段時期的網路企業泡沫粉碎後受到重創，如今雪上加霜，紛紛傳出營利警告，保險業更是這次事件的直接受害人。股市雖未崩盤，但「九一一」停市四天再開市的那一個星期，道瓊、納斯達克和 S.&P.500 三大指數下滑的程度，一般分析師認爲嚴重性超過一九八七年十月十九日黑色星期一的大崩盤，爲一九三三年以來所僅見。布希政府和國會雖在醞釀提振股市之道，聯邦儲備會葛林斯潘主席（相當於中央銀行總裁）也暗示還要減息，但美國股市和經濟規模非小國可比，公共資金拉抬肯定無效，基本上還得靠整體經濟復甦。專家認爲，降息效益通常要九個月以後才出現，更何況這次經濟衰退的兩個重要因素：存貨過多和大公司資本投資因前景不明（no visibility）而停滯不前，在目前的戰爭陰影下，是否能順利扭轉，看好的人似乎不多。

然而，所有這些問題，我認爲，都不如心防失守嚴重。

六十年代以來，帶動美國社會思潮的是所謂的嬰兒潮一代（baby boomers），就是二戰結束後出生現在已是耳順之年的一代人。六、七十年代推動美國走向反戰、反體制、爭取種族平等、婦女解放和環境保護運動的新理想主義，這批人是中堅，他們當時二、三十歲；八十年代以來推動美國走向人權外交，發動軍備競賽拖垮以蘇聯爲首的社會主義集團，開拓高科技新經濟克服以日本爲首的東亞經濟威脅，也就是同一代人（已到不惑之年）中不同理想的新保守主義者的思想產物。這一代人之中的兩組菁英卻有一個共同點，他們從沒有想像過戰爭及其帶來的苦難竟有可能發生在他們從不設防或設防敷衍了事的每日生活的土地上。賓拉登這次設計籌畫執行的恐怖主義行動，打中了要害，破了美國人的童貞（innocence）。一九九八年東非兩個美國大使館同時被炸，二〇〇〇年葉門海港科爾號驅逐艦被爆破，兩次恐怖行動都不能警醒巨人，原因在於事件發生在本土以外，雖然損傷不小，但童貞未破。一九九三年世貿中心卡車炸藥案雖然在本土發生，但也不能徹底震動美國人，因爲死傷究竟有限，雙塔仍屹立不倒，雖有驚恐卻不致絕望。奧克拉荷馬城聯邦大樓的爆破，死傷固然慘重，人們心裡還是想，不過是自己兒女管教不良的惡果。

這一次，回教基本教義派激進分子一舉摧毀美國人一八六一至一八六五年南北內戰以來超過一個世紀牢不可破的安全感，心理童貞從此喪失。

這個無比嚴重的心理創傷，目前方才發病，將來終將造成的變化，完全無法預料。

九月二十五日，原定七點開球的紐約洋基棒球隊「九一一」後第一次回到布朗克斯主場比賽，賽前舉行的悼亡儀式和愛國歌曲演唱耽誤了一個半小時，五萬觀眾的臉上，找不到一絲不豫之色。美國國旗的製造和販賣量空前，一家連鎖店統計，高潮時一個鐘頭賣了二十萬面，甚至上海的星條旗製造廠都二十四小時趕工。

在一個愛國主義情緒高漲的地方生活，很難維持平常心，甚至像我這樣一個至今只自認紐約客而非美國人的長期過客，也不免心潮起伏。但我究竟還對戰爭帶來的心理創傷稍有體會。母親和父親都是二戰倖存者。父親一九三九至一九四〇年擔任資源委員會廣西鎢銻聯運處龍州站站長，負責將稀有金屬用火車運往安南換買法國軍火支援抗戰，日軍飛機每天轟炸，父親只能晚上趁黑搶運，白天都在躲警報。我記得母親回憶那段往事時瞳孔裡的異狀光影。「日本鬼子飛機俯衝投彈時，駕駛員的衣帶飄動都看得清清楚楚。」她說：「炸彈爆炸，地都在動，心好像要從嘴裡跳出來……。」剛到台灣那幾年，每次空襲警報母親就覺得心臟病要爆發，家裡總有一個包袱，裝著逃難的急用品。

另一方面，日益孤立的阿富汗又是另一番景象。

根據吉卜齡小說改編成由老牌○○七西恩康納利主演的電影《The man who would be king》（台灣譯名《大戰巴墟卡》），雖屬虛構，我猜想那神祕國度就是阿富汗。這是個地形崎嶇、貧窮落後的內陸山國，民性非常強悍，歷來入侵的外國勢力從來討不到什麼好處。八十年代蘇聯因想斷車臣回族游擊隊後援，大事用兵，苦戰十年，不但沒解決問題，反而賠了上萬子弟的生命。蘇聯的這個十年「越戰」，有人認爲與共產集團的解體直接相關。當然，被侵入的阿富汗也付出慘重代價，赤地千里、民不聊生之外，目前控制政權的塔利班武裝集團就是抗蘇戰爭中民兵運動發展出來的怪物。這個基本教義派穆斯林激進組織可能是世界上反文明潮流的先鋒，它對付敵人手段殘忍，這還情有可原，對付婦女的手段簡直不可思議，婦女不准單獨出門，出門規定戴面紗、罩長衫，任何有可能誘惑異性的肉體暴露都可能召來殺身之禍，婚外情自然以公開處死示眾方式解決，尤其是禁止婦女受教育違者槍斃的做法，婦女不但貶爲二等公民，恐怕在塔利班領導人眼中，有如低等動物。

戰爭前夜，一片肅殺，美國人摩拳擦掌，調兵遣將，塔利班瘋狂叫囂，準備犧牲到底。從一九九一年波斯灣戰爭以來，美國人海外部署的軍事力量從未達到這個規模，阿拉伯海、波斯灣、印度洋、孟加拉灣以及巴基斯坦、塔吉克斯坦、烏茲別克斯坦、土庫曼尼斯坦、美國的海空陸武力正在集結，逐漸形成除伊朗一面以外對阿富汗的三面包圍，然而，阿富汗不過是個連人類文明第二波都未曾進入的窮鄉僻壤荒山野地，第四波高科技文明的美國戰爭機器，到哪裡去找它毀滅報仇的目標？

塔利班發言人說，他們也不知道賓拉登在什麼地方，賓拉登的「凱達」基地早已人去營空。戰爭大概是不可能不發生，只不過這一次，你不會聽見波斯灣戰爭的美轟炸機飛行員這樣說：「巴格達照亮了，像一棵聖誕樹！」因爲喀布爾不像巴格達，已經沒什麼東西可供燃燒。你也不可能預期無辜平民不被捲入犧牲，事實上，到九月二十六日，已經有一百五十萬阿富汗難民湧到邊境，同時，所有與阿富汗接壤的國家，不論貧富強弱，不論政治立場，都已宣布封鎖邊界拒收難民，眼看著，這場美國稱之爲「堅守自由行動」（Operation Enduring Freedom）而塔利班號召全球穆斯林投入的 Jihad（聖戰），在第一聲槍響前，已經無可避免地將數以百萬計的無辜平民，送上了瘟疫、饑饉的殺戮戰場。

反恐怖潛流

毫無疑問，美國正走過歷史困難時期，表面上看，這個國家彷彿從第二次世界大戰以來，從來沒這麼團結過。「United We Stand」這句口號印在郵票上，出現在棒球員的制服上，商家的玻璃窗上，來往車輛的保險槓上，幾乎代替了美鈔上的那一句「In God We Trust」。任何公共集會，不論嚴肅或消閒，一定演唱國歌、「主祐美國」、「美麗美利堅」這一類愛國歌曲。布希的支持率從百分之五十五急速上升到百分之八十三。萬眾一心、同仇敵愾的意志，好像已經貫穿社會上下。

珍珠港事變後，羅斯福曾說：「巨人已經喚醒！」布希也說過這句話。二戰時期，美國意志表現在堅持敵人「無條件」投降，當前的美國政府也宣布：沒有談判餘地。專家分析說：美國只要不談判，就一定勝利；一開始談判，就一定失敗，韓戰、越戰即是前例。海地、索馬里、波灣戰爭、波斯尼亞……所有這些局部衝突，都因爲缺乏政治意志，或功敗垂成，或灰頭土臉，不了了之。

然而，這一次，眞的那麼團結嗎？這個不可能不長期拖下去的你死我活的鬥爭，眞的那麼正邪判然、黑白分明嗎？

六十年代老自由派 Susan Sontag 就不很同意。「上星期二的恐怖現實相對於公眾人物與電視評論員自以爲是的宣傳和純粹欺騙，兩者之間的脫節，令人震驚、令人沮喪。」她說：「專業報導事件的人，似乎異口同聲，加入一個矮化公眾的運動。哪一位承認過：這不是一次針對『文明』或『自由』或『人性』或『自由世界』的『懦夫式攻擊』，而是由於美國的具體聯盟和行動，對一個自稱世界頭號超級強權的攻擊……如果要用『懦夫』這個字眼，可能更適合那些遠在天外、遠離報復範圍的殺人者，而不是那些爲了殺人而自願赴死的人。就勇氣（道德中立的品質）而言，怎麼形容星期二的屠殺者都行，但他們不是懦夫。」

目前，反戰的聲音雖有，但相當微弱。世貿雙塔一百萬噸重量的廢墟，幾千人二十四小時輪流換班搬運，三星期下來，才移走五分之一，還有五、六千人埋在廢墟底下。任何目睹慘劇的人，不可能同情反戰者的良心。然而，可以推想，如果反恐怖戰遭遇挫折，長期徒勞無功，加上阿拉伯世界肯定難免分化，反戰會不會逐漸形成潮流？

在〈戰爭前夜〉一文中，我提到美國人或已喪失享受了一百三十多年的「安全感」，破了「童貞」。對讀者而言，喪失安全感不難理解，童貞破滅則無從想像。

所謂童貞（innocense），我指的是美國人在人類文明史上對自己獨創的生活方式有一種天眞無邪的信賴。具體說，童貞的核心價値，即無所恐懼狀態下的自由，特別是維持個人尊嚴的自由。

到過美國的人都能體會，所謂「自由」，一點也不抽象，是很實在的東西。除了駕駛執照和社會安全卡，美國是完全沒有戶籍登記的國家。從外國入境，下了飛機，通過移民和海關檢查，一出機場，便是一個個人面對一片廣闊天地的境界，你可以想做什麼便做什麼，只要不犯法，不會有人找你。這種感覺，我第一次離台抵美的經驗，猶在腦中，習慣了威權體制管轄和儒教家長式的階層約束，當時差不多無法接受。自由這種財富，對我而言，是後天的獲得，非有一段學習調整過程，不能安心享受。但對億萬生於斯長於斯的美國人，自由是與生俱來的，是如此地自然，用不著努力，不必付出任何代價，不需要通過思維與想像，自由就在他們的身體裡面，就在周圍的天然與人爲環境裡面，這就是他們的天賦人權，他們的童貞。童貞破滅等於毀了他們的人性本善，等於男性受胯下之辱，女性被強姦，從而造成的心理反彈，實難預測。

我們的後天自由與美國人的先天童貞，「九一一」事件後，立刻面臨嚴酷考驗。在反恐怖戰爭的陰影下，美國作為一個國家的基本體質開始出現微妙變化。一面忙著對內消災救人、止痛療傷，一面對外合縱連橫、動員備戰，美國的領導階層不能不看到，在歇斯底里的復仇情緒與對抗恐怖主義的熱情之間，存在著難以調和的矛盾，處理不善，後果堪慮。仗還沒打，已經可以看到白宮和國會山莊都已出現鷹鴿兩派的對立。號稱善於團結反對勢力的布希，在國務卿鮑爾主張縮小打擊面的有限戰爭論和國防部長倫斯斐德主張趁機解決所有「恐怖國家」的擴大行動說之間，不時表現出政策聚焦不易的困頓。

經濟問題又是一個矛盾。

雖然官方統計數字還沒有正式宣布衰退，製造業的衰退早已超過兩個季度，事實上，相對於過去近十年平均幾達百分之五的繁榮成長，近一年來不到百分之一的成長，至少在心理上，根本就是負成長。何況，維持這百分之零點幾的成長，主要支柱靠的是消費者的信心，這種信心，我想連劫機撞樓的恐怖分子都沒有料到，竟然給炸沉到谷底。專家預測，如果今年從感恩節到聖誕節這一段傳統假日瘋狂購物期達不到指標，美國經濟以至於連帶影響的世界經濟，可能陷於長期不景氣。

美國社會體質變化中影響最深遠的矛盾，可能還是前面述及的那個童貞問題。

為了打擊恐怖主義，追蹤圍捕仍可能隱藏在國內的恐怖分子餘黨和其他相關者，美國行政當局已擬定提案，要求國會立法。為了加強執法效力，下轄聯邦調查局上萬幹員的司法部建議放寬約束，擴大權力，允許他們為辦案目的，竊聽電話、攔截通訊（包括無線電和網路），進行不預先通知的搜查，凍結私人財產，甚至無限期扣留他們認定的嫌疑人員。

到今天為止，司法當局已經扣留五百多人，大部分以違反移民條例的小事故為藉口，「種族造像」（racial profiling，平常指警方以黑人為對象建立犯罪檔案的違法作風）有擴大之勢，全美國約六百萬中東背景的公民和移民，每天生活在反恐怖的恐怖中。美國法律規定的拘留原限四十八小時，如無起訴理由必須立即釋放，這個有關人身保護的法令，現已形同虛設。「九一一」後的一、兩個星期，紐約華埠門可羅雀，行人絕跡，因為通衢要道布滿警探檢查證件，所有無證非法入境或入境逾期的華人黑戶，全躲在屋裡不敢出門。機場、車站、核電廠、水庫、橋樑和公路以及重要公共設施皆有人看守，嚴密監視，以防更為恐怖的生化戰，加拿大和墨西哥邊防的巡邏和搜檢，更是如臨大敵。

不是口口聲聲說恐怖分子的目的是要摧毀我們的生活方式嗎？不是說打擊恐怖主義我們應該生活得正正常常嗎？

看來反恐怖戰爭的第一個犧牲者恰恰是恐怖分子求之不得的正常生活。這個戰爭才要開始，隨著事態演變，美國社會體質的轉型，將來還會深化。這種變化不可能不逐漸表現在它的內外政策上，生活在台、港、大陸的中國人，對此不能不有些心理準備。

不過，目前看來，布希本人雖不一定老成持重，他父親留下的一批老臣還可以掌握局面，一些令人憂心的發展仍在潛流階段。反恐怖行動的口號從「無限正義」改爲「堅守自由」，似乎也透露一些消息。「堅守」（enduring）有長期的意味，「自由」一詞的選用，顯然有恢復常態的企圖，雖然遙遠，戰鼓雷鳴聲中，也許是唯一的安慰。

作繭

昌明從巴黎來，給我打電話，恰好是禮拜天，我說：「你們趕快坐火車過來，天氣這麼好，還有百分之六、七十的紅葉可看。」

兩小時後，果然在車站接到她一家三口。眞是標準的秋高氣爽天氣，我建議開車沿赫德遜河岸北上，一路遊車河賞紅葉，終點定在西點軍校。不妨先在校園前吃點當地聞名的純美國家庭風味午餐，再逛西點。我知道建在赫德遜河上游峰迴路轉懸崖絕壁上的校園，面江處視野開闊，氣象萬千，這樣清純的陽光下，看彩色點染的峰巒起伏，看蜿蜒曲折的江水漫流，老同學重逢話舊，還有比這更美好的嗎？

然而，這計畫終於未能全部實現。

在西點軍校大門口，一位全身戎裝的女兵擋駕。「九一一」後，校園不再對外開放，連往日每天成千人乘坐巴士參觀的遊覽公司，也都暫停營業。

我萬萬沒有料到，連阿帕拉遷山脈深處的小地方都如此緊張，雖然西點軍校是培養未來美國軍政領導人的地方，但平日也只不過是個學校而已，需要如此大驚小怪嗎？

每天在報紙雜誌電視上看反恐戰的美國人，與波灣戰爭時代的美國人相比，似乎不是一個族類。十年前的美國人，彷彿每天的功課不過是聽聽戰況簡報，接受勝利果實，此外，生活中的其他部分，一切照常。而現在，無論在思想上、行動上，美國生活的每個層面，都在變化。萬聖節那天（十月三十一日），格林威治村的傳統化妝遊行顯得十分零落冷清，紐約市區的小學校，百分之四十的學童曠課，因爲家長不敢在這個盛行惡作劇的節日讓孩子上學，糖果、面具滯銷當然更不在話下。這些天，每次出入中央車站，發現往日川流不息的人潮顯著減少，如今只要可能，大家都想方設法待在家裡上班。民間的動態也許容易改回去，公共政策的影響就難說。司法部迄今已扣留一千多人，數字還在增加，公民自由聯盟（Civil Liberties Union）卻出奇地沉默。最恐怖的是目前醞釀的移民法修訂案，甚至還有人主張重新審查大學發 I-20 接受外國留學生的辦法。

一面在數千哩外人家家裡搞地氈式轟炸，一面卻在自己家裡惶惶然不可終日，這樣的國家，實在不容易理解。

九十年代中期，美國大企業日正當中，就業充分，市場繁榮，民間曾自發產生過一個帶有反省意義的回「家」運動，叫做作繭（cocooning）。所謂作繭，跟加上「自縛」字尾的中文成語意義有所不同，倒比較符合自然現象，追求的是回歸生命本體，也可以說是針對社會異化現象的反潮流。

作繭運動期間，不少創業有成的企業家或大公司運籌帷幄決勝千里的重要經理人員，往往一覺醒來捫心自問：這就是我要的人生嗎？沒日沒夜地忙，究竟爲了什麼？激流勇退的思潮，不一定限於工商社會菁英。職業婦女說：把寶寶交給不認識的人照顧，越來越覺得不安。小職員也有猛然醒來的：爲什麼賣身給公司賺錢，活下去，方法多的是，我要做自己的主人。

九十年代中期，在家自營小買賣，路子不少，只要能動腦筋，市場不成問題。那個時代，作繭不是自縛，而是自求解放。

西點軍校縮回繭中，我只得帶昌明一家到附近的熊山州立公園去逛。幸好，公園沒人站崗。雖然沒什麼節日氣氛，公園裡還算有些人活動。我們繞熊山湖散步，看山看樹看天看水，一面敘舊，一面走著高高低低的山道，我發覺心裡不時給一個問題咬住：這種平常日子，以後會不會越來越不容易了呢？

我記得上一次美國人作繭，氣氛完全不同，特別是到了九十年代末期，達康奇蹟製造了不少神話，新世界、新人物、新風氣，美國傳統根深柢固的保守主義公司文化面對嚴峻衝擊，頂尖人才一批批流向上班可以穿牛仔褲帶寶寶甚至帶寵物的新型公司，華爾街的短髮革履灰西裝開始鬆動，花旗、大通這些保守派中的保守派跨國銀行，居然宣布每星期五爲casual wear day（便裝日），衣著自便之外，還鼓勵員工中午上街曬太陽、吃小館、健身購物……。那時候，不知從哪兒來的冒險資金（Venture capital）上千億，搶著找人送。我兒子一個大學同學，只不過搞個網站，專向teenager送信用卡，居然一申請就來了七百萬投資。再加上世紀末的千年蟲危機，公私機構規模越大越緊張，高科技資本投資彷彿沒有底線。這一切都讓人以爲，作繭者不僅聰明絕頂，他們幾乎就是新文明的開路人。將來，毫無疑問，人類文化的整體結構不可能不將就這種思潮——「家」就是人人就業的適當場所，既照顧了婚姻與兩代關係，也可以是從事生產、提供服務與創造財富的地方。將來，毫無疑問，所有住宅都得重新設計，家具也得改造，甚至娛樂事業、交通設施、商務運作、金融制度、教育方式以至於政治規範都需要徹底調整。試問：如果所有公私辦公樓廳全都淘汰，人與人的聯繫簡化到網路通訊與消閒社交，選民的投票傾向，如何分析？

這個香格里拉式的作繭夢，不用說，達康泡沫一碎，也就沒什麼人再提了。

昌明的先生喬埃爾是平易隨和的人，從外表和談吐，你一點也不可能知道他原來是法蘭西科學院生物科的院士。語言中基本淘汰了華麗裝飾的部分，卻與大腦的思索直線相通，所以他一開口，往往就是問題的核心。

山道右側的陡坡上有巨石堆疊成靜態的流動，我們剛好走過，他說：「一萬年前，這裡是冰川，一萬年後，又可能是冰川，兩者之間是我們的機會，但我們不太可能擺脫動物本能……。」

我馬上知道他說的就是當前的美國。

美國當前的行爲反應，非常符合動物本能，跟受到挑戰的獅子與逼入牆角的兔子沒什麼兩樣。獅子的反撲表現在阿富汗的狂轟猛炸，兔子的躲藏表現在國內生活方式的恐懼萎縮——這是完全不同於九十年代的新作繭運動，其中的變化，細微處，引人深思。我舉吉姆的例子說說。

吉姆是我大兒子的至交好友，他們大學同宿舍，畢業後又一道創業。德國移民第三代，郊區長大又受過長春藤盟校的一流人文教育，吉姆很可以代表美國新一代的主流思想，他前幾天跟我說：有兩、三個禮拜，我不能睡覺，不能吃飯，不能做事不能想，我只是憤怒，憤怒控制一切。我終於冷靜下來，因爲我得到一個結論。結論很簡單，但可以 work 。我告訴自己，我們跟他們是兩個完全不同的物種，現在，那個物種正動員一切力量消滅我們，爲了我們這個物種的生存，沒有選擇，必須消滅他們。自從有了這個結論，吉姆說：「雖然我不能再像以前一樣，該快樂的時候就快樂，該悲傷的時候就悲傷，因爲現在什麼東西都好像蒙上一層灰。然而，我發現至少我感覺已經恢復了這種能力，我又正常了……。」

這個「正常」，我內裡不免震動，是要靠殺人才得以恢復的。

我們散步的熊山湖，面積不大，一眼足以望盡。但也不小，沿湖走上一圈，如果不急行軍，也能享受一、兩小時。山光水色、老樹巉岩，昌明想起了朱熹的詩。我說，我原來只喜歡「天光雲影共徘徊」那一句，因爲有點胸懷，有點氣象。人人傳誦的「爲有源頭活水來」，我本不愛，因嫌宋儒說教意味太濃。然而，此時此地，我眞希望有機會給吉姆好好談一下這首詩，他普林斯頓念的是歷史，又選修過中文，朱熹他不一定知道，宋明理學他也不一定知道，這都無所謂，重要的是：所謂「正常」，不能靠殺人或作繭；所謂「正常」，不能沒有源頭活水。

然而，我又想到喬埃爾的話：「但我們不太可能擺脫動物的本能……。」

人文歷史一擺進生物史的框架中，一切都成了微弱可憐的小小蠕動。

台北過年

三十幾年來，第一回台北過年，怎「熱鬧」兩字可以了得。

不過，在中國人的民俗文化傳統裡，熱鬧還是蠻重要的。所謂「爆竹一聲除舊，桃符萬象更新」，說的就是農業社會小老百姓的樸實願望。今天，爆竹聲驅除的，也許不再是窮鬼惡煞，桃符迎接的，也不一定是福壽子孫。台灣的國民所得，雖然倒退了若干年，老百姓的生活態度和一般見識，卻已堂堂進入眞正的工商業社會。當然，還有一些迷思，還有一些悲情，治療的過程還沒有結束，新的壓力，卻與日俱增。然而，有哪個社會沒這些擾人的因素呢！

這個久別重逢的年，我主要是在我弟弟家的頂樓上過的。那幢公寓，樓高六層，所以，我應該是在七重天的高度。從除夕之前兩、三天抵台開始，到元宵節後兩星期離台，整整一個月的時間，煙花火炮二十四小時不斷，緋紅金黃的紙花碎屑飈舞於窗外街角，整個台灣，尤其是電視畫面上的台灣，如此活潑生動，像一幅現代的《清明上河圖》，好一派歌舞昇平氣象！

從「九一一」餘悸未消、冷冷清清的紐約來到台北，對比益發強烈。

一個社會，能夠在經濟萎靡不振、政治亂象紛呈，文化苦苦掙扎的情況下，居然表現出如此歡樂無畏的景觀，不能不承認：處於資本主義上升期的台灣，生命潛力或仍有發揮餘地，往前走，或仍有開拓恢宏的空間。難怪有人說，加拿大雖在天堂，卻是個苦悶的天堂；台灣也許是地獄，卻是個快樂的地獄。

然而，一片爆竹聲，是不是也掩蓋了一些不得不令人憂心忡忡的什麼呢？

至少，這一個月裡，除了爆竹，雜音是不斷的。稍微靜下來，便不能不聽見這些：全民狂飆樂透引發了社會土石流的爭議；長期乾旱造成了竹科缺水與農業用水的矛盾；八吋晶圓登陸刺激了有關國家安全與高科技升等的討論；「二二八」的紀念，仍隱藏族群相煎的非理性情緒，暴露了選戰指標的純利益狹隘考量與意識形態無限上綱的傾向。

此外，還有宗部長立法院赴考落難和璩美鳳超道德的悲喜劇演出。前者當然不只是個政治酬庸問題，後者也不是個單純的後現代社會現象。《清明上河圖》的下面，原來還有地球板塊的移動擠壓。台北過年，我雖在七重天上，卻不能不隨時感覺到地底下的斷層。

不久以前，台灣還是個老年人花果飄零、中年人動彈不得、青年人走投無路的地方。那個時候的台北，連自己都不關心。我記得最清楚的那個出國前最後一個台北年，是在冷風中度過的。一群漢子在台大附近一間小貓三、兩隻的冰果店裡熱烈爭論著文學路線。跟那時代所有的類似討論一樣，吵架永遠沒有定論，即有結論也不會有人認眞執行。我記得，半夜兩點鐘吧，我騎著一部本田五十西西的機車，沿新生南路尚未掩埋的瑠公圳往北馳，一路冷風割面，偶爾聽到稀稀落落幾聲爆竹，心裡盤算著：這個即將陸沉的地方，怎麼跑出去？那個年，我埋頭塡寫加州大學的入學申請表。

三十幾年之後，飄浮在煙花爆竹製造的火藥香味中，七重天上的閣樓裡，我盤算的卻是：這個也許還是逃不掉陸沉命運的地方，我怎麼回來？

這個年，只要有空，每晚必看扣應節目。印象最深刻的有三大：李敖大哥大、文茜小妹大和張大春。其實，這三個節目，嚴格說，不能叫扣應，因爲他們的主持方式，都以自說自話和對談爲主，聽眾的參與不重要。也許正因爲這樣，節目內容比一般扣應節目紮實得多，相對於我在美國看過聽過的扣應節目，台灣觀眾聽眾討論議題的水平，還處於啓蒙階段，三位主持人的水平，明顯超前。

張大春的節目，因爲在下午，聽到的不多，因爲我下午多半有活動。那天坐長途計程車，恰好司機是張大春迷，聽到了大春與謝材俊的對談，談到了《悲情城市》出現前後的台灣和當時的新電影運動。問答交流互動，水準都是一流。

李敖是老同學。五年前偶然在劉家小館「狹路相逢」，他劈頭就問：「大任，你還相信毛澤東嗎？」我對以：「李敖，你還相信胡因夢嗎？」相視大笑。

李敖就是李敖，他只相信李敖，其實是不用問的。

曾文惠對簿公堂那天，法院前有兩批各自擁護一方的「群眾」，其中一名本省籍老太太對著電視機大叫：「你們殺了多少台灣人？還要殺嗎？」「二二八」五十五週年那天夜裡，李敖開講了。他從李登輝主政時代的二二八事件調查委員會報告書及其附件中（可能上千頁吧），爬蒐整理出來一批數據，證明各方有關「二二八」的死亡數字（從數百人到三、四萬人不等），其實多屬臆測，眞正有證據支持的，應該是一千六百多人，其中被外省官兵殺害的本省人大約八百多人，被本省暴徒殺害的外省人，也是八百多人。李敖的立論很清楚：要走出悲情，不能訴諸情緒或意識形態。然而，在「政治正確」甚囂塵上的台灣，以這樣的方式公開討論，不能不讓人替他捏一把汗，雖然他爲台灣的民主自由坐過牢，也幫助過彭明敏逃亡，似乎有個護身符，不過，沒有一定的道德勇氣，做得到嗎？多年前，我寫過一篇文章〈我愛李敖〉，今天，這題目依然有效。在台灣日趨兩極化的政治文化氛圍裡，李敖是難能可貴的常青樹。

「文茜小妹大」可能是台灣電視公共論壇上功課做得最紮實、數據資料最齊全、批判分析最犀利的一個節目。能在這裡看到這種品質的節目，的確是個異數。

有天在建國花市，看到她在買一棵蘭花（好像是倒懸生長的白花石斛），雖想上前招呼，卻礙於她的公共身分，未敢造次。多年前，在紐約，曾一同參與過一個有關本土化問題的討論會（紀錄不知何故，未見發表），她的觀點和分析問題的方法，尚未見成熟，今天，十多年歷練下來，該刮目相看了。

「文茜小妹大」的內容與資料，是不容挑剔的。唯一可以說的是，小妹的陳說方式，似乎有點迫不及待，讓聽眾覺得喘不過氣來。這好像與目前台灣文壇上的創新文體有關，總想用一句話說十句話的內容。這個固然有它新世紀的特殊美感，然而，大將之風，從容就義，豈不是更好？

這個年，過得還不賴，是不是？

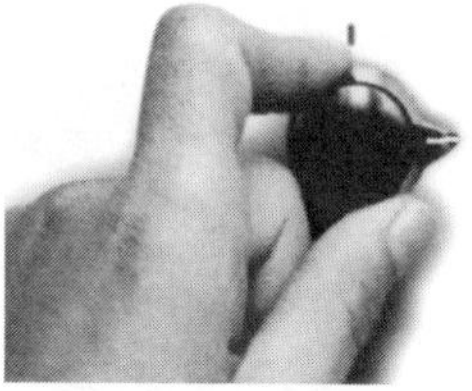

第五輯

身邊事

春脖子

五月的北國之春，在南暖北寒兩種氣流的互動拉鋸戰中順延著，這種乍暖還寒綿綿不已的季候，東北人會說：今年的春脖子可長呢！讓人想起義大利畫家莫迪格利安尼（Amedeo Modigliani, 1884-1920）又細又長的脖子人像，看起來彷彿承受不起，又彷彿眷戀無法不消失的生命。

「春脖子」這個說法，是從我岳母那兒聽來的。老太太遼寧人，身上流有四分之一的滿洲貴族血統。有差不多五年時間，寡居的她，離開了台北的養老院，跟我們同住。

岳母住在家裡，在美國這種經常拿 mother-in-law（法律上的母親）開玩笑的文化空氣裡，是相當奇特的經驗。孩子們因爲是美國人，總是帶點同情的眼光看著我這個似乎必然受害的爸爸。妻子因爲熟知美國規矩，自然也就有點歉疚。事實上，我發現那五年的生活其實蠻有意思。老太太人生閱歷豐富，做人做事有一定的條理和智慧，我跟她還學到不少東西。此外，我自己的父母晚年沒跟我住，從老太太身上，我實實在在看到了人體與精神兩方面的老化過程，算是預習吧。

後院陽台是我們常常喝茶聊天的地方。老太太初來時眼睛還好，分得清樹幹樹葉，看得見紅花綠草，話題的範圍頗廣，還可以感覺到她旺盛的求知欲。

我最記得她談到爲什麼不遠千里從東北長途跋涉一路流亡逃難到台灣的原因。

國共內戰時期，岳父在瀋陽開診所，他是英國傳教士辦理的小河沿醫大（即盛京捨醫院）培養出來的胸腔外科醫生，生活應算優渥有餘。遼瀋戰役雖不可能不受干擾，但他的同業全都認爲：無論誰當家，總不能不要醫生吧。瀋陽圍城受了驚，幾乎斷糧挨餓，結果還是沒走，直到林彪大軍入城後，大規模發動群眾，肅反、土改一道道來。老太太那時三十多歲，痛下決心。

「地痞、流氓、三輪車伕都不用考試就進大學，這以後的教育豈不是開玩笑。爲了孩子的將來，不走不成！」

從白山黑水到遼闊無邊的華北大平原，遍地烽火連天，水陸交通大部分癱瘓，經常只能靠最原始的工具——兩條腿。

過山海關沒多久，老太太說：

「老二那時候還不滿五歲，有時跟不上隊伍，回頭看他，落（音臘）遠遠的，就天邊一小粒兒黑點，還挺努力地動著呢……。」

老二李傑信的今天，證明了老太太當年這個重大決定的英明遠見。

他現在是美國太空總署的主任科學家（Chief Scientist），手裡管著上億研究經費，經常全美國全世界跑，負責聯繫、鑑別、審核各種與外太空研究有關的特別方案。

這幾年，我看他業餘有些空閒，便鼓動他做個中國的卡爾·塞根（Carl Sagan）。果然，東北漢子說幹就幹，一口氣寫了兩本。《追尋藍色星球》寫我們所住的美麗星球，《我們是火星人？》介紹了人類幾千年來累積的有關火星的知識，並榮獲「李國鼎通俗科學寫作第一獎」。目前還在整理資料，準備探索生命的起源。我們上一次見面，談到回饋台灣社會的問題，他說：「東北是我的父親，台灣是我的母親。」

我想，這是絕大多數長期留外的外省子弟的共同心聲。這種心聲，總與母親連在一起，令人深思。

我的岳母便是這樣一個在血緣上認同大陸但在生活上完全與台灣化爲一體的母親。

在我們家後三年，她已年過八十，遺傳性的眼疾日益惡化，除了早晨起床時還能看到一些東西的輪廓，太陽一出來便覺得眼前起霧，日子久了，霧越來越濃。爲了滿足她的關心，上唐人街買了個「電盒子」，好收聽此間轉播的中廣節目。每天定時的幾次新聞，她一分鐘不能耽誤，不論正做什麼，一定回房聽最新台灣消息。

老年人的記憶很奇怪，好像大腦司記憶的部分分片分波開放或關閉。有一段時間，每天談她十八歲單身赴長春讀護理專科學校。過一陣，話題全變了，十八歲到二十歲不見了，全是她婚後做媳婦伺候公婆的苦水。可是，我發現，萬變不離其宗，大腦裡留存台灣的那個部分，永遠不關閉。她談歷史談時局最後總是回到台灣，我有時也惡習不改，指指點點，但我的分析從來不能滿足她。「我看靠不住！」她會說，我不免一震，同時感受到這個顛撲不破的結論裡，似乎隱藏著上百年中國老百姓對上層政治的失望和根本懷疑。

由於近親通婚，她得了一種隔代傳女不傳男的眼疾，學名叫「視網膜色素沉澱」（Retinal Pigmentoza），俗名隧道眼（tunnel vision）。七十歲以後發現眼角兩邊的視域逐漸縮小，慢慢變成只剩中間一條，彷彿從隧道裡看出去，世界越來越窄。到八十歲前後，眼前開始起霧，霧深雲重時，周遭的人與物，只剩下白茫茫一片。這種病，因爲患者不多，缺乏研究資助，沒有人願下功夫，所以至今無法治療。

失去視覺對老太太的精神壓力尤其嚴重。丈夫在世開業時，她除了管藥房、撫養子女和主持家務，最喜歡繪畫，曾經拜師學油畫和水彩，原打算退休後以此終老的。我曾試圖轉移她的興趣，買了隨身錄音機和一套古典音樂卡帶，有機會時也跟她談談基本樂理、常識和掌故。始終效果不彰。我相信人通往精神世界是需要特殊載具的，老太太一生開發的這種載具不幸就是她後來發覺不能依靠的視覺。有次去台北，我曾跑遍重慶南路的書店，想給她找些有聲書，沒想到美國任何社區圖書館都搜羅齊備借聽方便的文化產品，這生意台灣居然沒什麼人做。

兩年前，老太太的眼睛幾已完全失明，八十三歲高齡，紐約的冬天對她也太冷了點。剛好么兒子來邀，她就搬加州去了。這幾天在陽台上喝茶曬太陽，不免想到老人家了，如果她在這裡，一定會說：「今年的春脖子可夠長的。」可不是，我三月離開台北，那裡的春天像國慶日的煙火，一閃就沒有了。回到這裡，看到番紅花、風信子、黃水仙和鬱金香等球莖植物剛要破土出芽，便仰著脖子期待著了，不料四月初，又下了一場春雪。好在與冬雪的陰冷壓抑不同，雪片像山櫻飛花，有時映著陽光，寧靜中微含催生的喜意。五月初熱過兩天，玉蘭早熟，被騙怒放，隨即被冷氣團摧殘，就像戀愛中人，性急的不免吃虧一樣。到現在，五月底了，斜風細雨中，鳥飛過，抛下一串求偶的情歌，仍彷彿打著哆嗦。雙手摀著一杯熱氣蒸騰的龍井，剛從加州探親回來的妻說：「媽安靜下來了，好像太安靜了點……。」

為了治療深度的躁鬱，醫生給她開了prozac。

我望著後山，為之瑟縮的清冷空氣裡，好像沒什麼東西在生長，然而，億萬葉片組成的綠海，早已遮沒枯幹禿枝，擋去了藍天。

病中風雨

前不久，有天晚上，平常得不能再平常的晚上，不過與家人閒聊，享受一杯飯後龍井，翻翻報紙雜誌，看看電視。十點左右，還不到就寢時間，忽覺背脊上下一陣冷。這冷，不太平常，冷到牙齒打顫肌肉緊縮全身發抖的程度。初夏天氣，室外氣溫還停留在華氏八十度，室內幾乎可以開空調，這麼個冷法，確實有些兒邪門。

我斷定自己疲勞過度，感冒了。在妻兒催促下，趕快吞下兩粒 extra strength Tylenol，上床睡覺。

記得不情願離開溫暖起居室之前，還瞄了一眼電視，上面正在預告，一個熱帶氣旋，名叫艾力森，肆虐美南之餘，尾巴正向我們居住的東北海岸移動。

以後兩三天，我便以常識應付流感的公認手段奮鬥：大量喝水，不停睡覺，每隔四、五小時，吞兩粒降溫解痛的美國萬金油——Tylenol。根據過去的經驗，如是處理，管它什麼來路的流感病毒，兩、三天之後，靠天生強悍的免疫戰鬥力，打這種小仗，問題不大。

可是，這一次，有點蹊蹺，三大法寶，不太靈光。

首先，體溫方面的表現很怪，發燒度不算高，恆在華氏九十九到一百度之間。藥效在時，溫度壓低，藥效一過，立刻恢復。我做過兩次實驗，故意拖長時間不吃藥，結果竟頂不住。其次，跟我經驗過的任何流感不同，除了持續低溫發燒，喉嚨卻不癢不痛，既不咳嗽，也不流鼻水，只渾身上下不對勁。

技窮之下，不得不找醫生求教。

近年來，由於經常運動鍛鍊，加上天生麗質，極少看病，所以連個固定的家庭醫生也沒有，唯有翻電話本黃頁找，掛臨時門診。

我想，我找到的診所，大概相當於台灣的公保或大陸「面向群眾」的醫療設施，不免大手大腳。

因爲怕醫生診斷時症狀消失，六小時前便停止服藥。在一個通風不很良好又擠滿各種疑難雜症人士的小房間裡，在冷熱交征、身體接近痙攣的狀態中，待「命」約一個半小時。到叫我名字的時候，覺得像餓了三天的人看到一鍋稀飯。

我缺乏專業資格，不能肯定地說，帶有社會主義性質的公費醫療，醫生素質一定不高明。可以確定的是，即便是第一流的醫生，給投進這樣一個工作環境，面對這樣的工作量，大概也難有驕人業績。

我碰到的這一位，看來臨床經驗不少，不過也早就養成粗枝大葉、快刀亂麻的習慣。他大概先進行一下綜合判斷，再使用歸納法，排除剩餘的可能性。他用塊木片在我喉嚨深處刮了一下，浸在某種溶液裡，然後告訴我：「不是 strep（streptococcus，鏈球菌的俗稱）。」

知道不是 strep，我已經很高興了。雖然 strep 平常爲害不大，小孩喉嚨腫疼即其一例。但小兵也可以闖大禍，我太太曾因 strep 深入侵蝕到脊椎附近做窩，幾年前動過一次大手術。

檢查了驗血結果後，這位醫生頗有自信地告訴我：「大概就是你懷疑的某種病毒。就照你的辦法，喝水、睡覺，繼續吃 Tylenol，休息幾天就沒事了。」

然而，事情沒這麼簡單。

回家第二天開始，體溫不降反升，到了一百零三度以上，這才痛下決心找專家。這次不是求教，接近求救了。

專家就是當年我太太的主治醫師安德烈·奧騰（Dr. Andre Outon）。

醫生的好壞跟藝術家一樣，往往有天壤之別。奧騰的做法，出手便不凡。一聽完我的症狀自述，他已經判斷出這不是個普通病例，立刻單刀直入，查出了兩個連我自己也不知道的問題：小便裡面有血；前胸後背上半部有輕微的皮疹。不到一小時，他便下命令送我進醫院住隔離病房。

我得的這個怪病叫做 Ehrlichiosis，中文也許沒有正式譯名，因爲這種病一九九〇年才在美國東北部一帶發現、定名。這個病，我自己查證研究了一下，可譯爲艾利希症，因爲它與德國細菌學家保羅・艾利希（Paul Ehrlich, 1854-1915）有關。病源來自以鹿壁蝨爲媒介的兩種細菌 Ehrlichia chafeensis 和 graulocytic Ehrlichia。由於兩種微生物都冠上艾利希的名字，可以推想它們不是他的發現，便是仰慕他的人發現後用他的名字命名。

這兩種（或其中一種）鑽近我體內的小東西其實不難對付，用一百毫克的抗生素 Doxycycline，每天兩粒，十四天之後保證消滅乾淨。難處是及時判斷病源，做出診斷，這就要看醫生的能耐和病人的造化了。

我特別指出「及時」兩字，因爲這類細菌破壞力很強。我進院時血液中的血小板已經低到危險程度，如果不幸發生創傷性內出血，讀者不但看不到這篇文章，以後也沒有《紐約眼》了。此外，細菌喜歡攻擊肺臟和腎臟，及時治療可以避免永久損害。

臥病醫院期間，因爲住在隔離病房（這是病因尚未確證時奧騰醫師採取的斷然措施，不但爲了保護其他病人，也爲了保護我，因爲我那時的抵抗力已經十分微弱），等於暫時失去行動自由，對我這個沒有戶外便無生活的人而言，產生了不小壓力。加上所有照顧我的護理人員都規定戴口罩和橡皮套，竟讓我自覺像個人見人怕的毒物。

特別是艾力森風暴過境之夜，輾轉反側，不能成眠。眼睜睜望著窗外大暗中，樹幹搖動不止，細枝狂亂掙扎，碎葉橫飛斜舞，彷佛世上一切事物都失去主宰，任憑宰割。但是，說來你可能不相信，人體極度衰弱的時候，精神敏感度卻往往敏銳化。在感覺走投無路的情況下，我學會了一種從來不曾體驗過的聽風聽雨的新方法。

就是把風雨如晦當作一首交響樂讀。不是整批整篇讀，要一小段一小段，一個樂句接一個樂句這麼讀。暫時，不要考慮和聲、配器這些技術面，只跟隨聲音走，跟緊聲音大小強弱粗細的變化走。開始，也許只能分辨一兩小段旋律，些微抑揚頓挫透露某種信息，聽久了，便發現自己眼睛閉上了，耳朵全面開放，身體逐漸鬆懈，而大段大段錯落有致、變動無窮的樂句，忽然彼此連綿成整體，無限發展下去。

純聽覺的航船就這麼載上了我，助我度過了漫漫長夜。

兩個母親

記憶中，最鮮活的母親，有兩個，一個三十五歲，一個八十一歲。兩個母親，好像不是一個人，然而，在形象、顏色、氣味之上，提升到某一層次，兩個母親又合爲一個。

是一九四七年的春夏之交吧，我記不清是哪一個月哪一天了，只記得去年從同學家院子裡挖來的橘紅美人蕉塊根發了五個新芽，正興奮著呢。那天下午，我坐在大門口台階上，用一把小刀削竹竿，聚精會神製作那種雙手一搓便能滿天飛的螺旋槳葉片。母親忽然從客廳一屋子打牌的客人堆裡氣呼呼走出來。

「走，跟我看電影去！」她一面把我從台階上拉起來，一面向下人房那邊吆喝：

「老黃，車子拉過來……」

跟著便有一陣騷動。

「太太要出門了，死鬼老黃，還睡午覺呢！」

母親身上穿著周曼華式的月白滾銀邊短袖旗袍，頭上梳的是上官雲珠式的大圈圈波浪髮型，臂上掛著歐陽莎菲式的流行女用手提白皮包。那時候，距離台北流行過一陣的鑲晶串珠袖珍皮包的出現還有差不多十年吧。那時候，我們家還在南昌，雖然有滬杭甬鐵道和浙贛路，最快也要三天兩夜，但南昌的一切時髦都緊跟上海，一天都不差。我不知道母親怎麼跟的，又沒有時裝雜誌，又沒有電視，可每次看電影，女主角的穿戴打扮，都和她一模一樣。陳娟娟的那雙高跟鞋，她就有兩雙。

那天的電影，我也記得，卻是古裝片，周璇主演的《西廂記》。

母親一路輕輕哼著《花好月圓》、《拷紅》。剛才氣呼呼的樣子全沒有了，看完電影還買了大包小包的沙其馬、糖炒栗子。

那個時代的母親，比王家衛追憶的《花樣年華》，恐怕還要早個二十年。共產黨還在東北，國民黨忙著分贓。蔣介石脫下了軍裝，換上長袍馬褂，喜氣洋洋就任中華民國的第一任憲政大總統職位。

大腐爛、大崩潰即將開始。然而，我活著的那個世界裡，沒有人警覺，沒有人擔心。

唯一覺得有點異樣的是，我的零用錢，一下子法幣，一下子關金，一下子又成了金圓券。數字越來越大，大到數學不夠精明的我，始終不懂怎麼換算。

三十五歲的母親，世界建立在沙灘上，她毫不知覺。她的父親是江西省律師公會的會長，祖父是前清御史，外祖父做過知府。她出生的老家在江西有個說法，叫做「金鄱陽，銀豐城」，她們祖傳的萬頃良田就在鄱陽湖邊上。她從小在丫鬟、奶媽、傭人的包圍呵護下長大。一生的教育主要發生在兩次重大的變化轉折之後。十六歲那年，她的父母突然相繼去世，一下子把她從伊甸園裡拉了出來。三十八歲那年，她跟老家的聯繫完全斷了，父親得了二期肺結核住院療養，老本花光，當時已有五個孩子的她，不得不拋棄最後的自尊，接受親戚朋友甚至鄰居的周濟求生。

三十八歲的母親，在我的印象中，留下了滄桑的刻痕。

然而，三十五歲的母親，多麼雍容華貴，俗氣點說，不就是五月初晴藍天下，一朵粉妝玉琢的國色天香牡丹花。

那一年的中秋節，我留下了母親的最後一個印象。

從三十六歲到台灣，到八十一歲過世，母親的後半生，跟以前對照，過得相當辛苦。我從她五十歲那年便遠走高飛，此後三十一年，自然聚少別離多，然而，每次有機會見面，卻感覺侵人的風霜並不見得那麼殘酷可怕。頭髮少了，皺紋多了，人不一定變得醜陋。有一種肉眼不見的光，秋天的太陽一樣，沒有芒刺，卻有餘輝。

明顯不同的是，母親的慾望，幾乎漸漸變得沒有了。她的關心卻越來越聚攏，一點一滴累積起來，彷彿靈魂裡慢慢生成了一座寶塔，饗祀其中的，只有別人，沒有自己。

過了八十歲，母親仍堅持每天早晨提籃子上附近的市場買菜，兒孫輩怎麼都勸不住，幾十年的習慣硬不肯改，終於被個冒失的小夥子騎腳踏車撞倒了，臀骨碎裂，療傷期間，可能因爲人體免疫機能減弱，癌細胞開始繁殖，最終奪走了她的生命。

曾有人義憤塡膺主張告那個闖禍的青年，母親說：

「算了，他也不是故意的……。」

中秋節那天，榮總主治大夫跟我們說：「讓老人家回家過節吧，回不回來都無所謂，我們能做的也很有限了。」

晚飯後，母親一反常態，提要求了，不但提要求，而且規定得非常仔細。供桌要放在什麼地方，香爐裡要插什麼，鮮花要選哪一種……全都有指示。

大妹和妹夫家住在五樓，五樓上面有一個天台，連接兩層的是一座迴旋鐵梯。爲了節省空間，鐵梯尺寸很小，平常只容得一個大人的身體上下。母親已經很弱，子孫輩裡選了兩個年輕力壯的小夥子，抬著她坐在椅上費盡周折才安頓好。那天的月色的確清輝明淨，台北上空彷彿被水族箱裡的特製光管照亮了，連嘈雜的市聲都好像過濾了一般，聽來不似人間，成了天籟的一部分。

母親拜祭雙親，接著對先走六年的父親喃喃說了一大篇話，然後坐下來主持分月餅。我們注意到她切月餅的手不時顫動，遂勸她早點下去休息，不料平時任兒孫擺布的母親一點都不聽話，她而且下了命令：

「把我床頭的錄音機搬過來，還有那五卷錄音帶……。」

一九九三年的中秋節，母親過世前一個多月，在場兒孫輩同她一道，整整一個晚上，聽了好幾個小時的周璇，從《拷紅》到《鍾山春》，從《五月的風》到《黃葉舞秋風》。留居台灣四十六年來，第一次看見她如此不妥協地要求我們大家全都依著她性子過了一晚。

有個醫生朋友曾對我說，他遇到過一些病人，能夠非常準確地預知自己的生命將在什麼時候終結。他說他完全沒辦法用科學解釋。

我也不知道該怎麼解釋，母親那晚上表現的意志，自她走後，這麼些年來，往往影響我這個理性主義者在從事思考時略留餘地。這裡面的邏輯有點糾纏不清，然而，或許也就是酒爲什麼越陳越醇，蘭爲什麼越遠越香，一個道理吧！

三十五歲豔光四射牡丹花似的母親，到了死亡邊緣的八十一歲，卻像一盆觀音素心，在幽明的夜裡，獨自芬芳。

望子不成龍

在我們家，老二可以算是一個 loner 。英文裡面 loner 這個字很難譯，因爲它包含正反兩面的意思。反面看，凡是不合群的、性情孤僻古怪的人，都可以叫 loner 。然而，不合群往往因爲有自己的主張，而性情孤僻正是由於特立獨行，這又成爲正面價値了。

我們家的老二就是這麼一個喜歡一個人走路的人，我記得他還不到三歲那年，母親問他：長大了要做什麼？一般孩子在那個年齡，答案大概是救火員、警察、總統之類，他卻說：我要做百萬富翁。「爲什麼呢？」我問。「因爲百萬富翁不必做事。」他答。

他這個「不必做事」的觀念可能相當根深柢固，這是到他十歲的時候我才發現的。

那兩、三年，我網球打得很起勁，一家四口當然都被我押著下海。當初選這個社區定居，網球設備是個重要因素，這裡有二十個夜間戶外網球場，每年從四月開放到十一月，每晚燈火通明到十點鐘，下班後趕完晚餐，排隊半小時，經常運動量三小時左右，一身大汗之後，回家沖涼再切個冰西瓜，日子美得很。

可是，過不了多久，野心來了。首先發現，還沒有開始發育的老二，手腳眼睛的配合好像與生俱來，我怎麼費腦筋長抽短吊都難不倒他。個子雖小，大臂還不到我一半粗，可時間掌握、發力控制彷彿恰到好處，來球一天比一天凶猛。看看快要招架不住了，做老爸的心思一轉：與其怕丟臉，怕輸給十歲的兒子，不如扮演另一種角色——培養下一代嘛！

我給兩兄弟請了一位專業教練，名叫丹尼。

丹尼二十三歲，是原想打職業但已發現自己局限性而對網球仍不能忘情的那種教練。所以他不收學生則已，一旦收了便一絲不苟，完全按照他的專業倫理辦事。

六個月之後（當然，兩兄弟宰起父親來已經像吃白菜了），有天練完球，丹尼一面指汗一面若無其事問我：

「劉先生，你送兩個兒子來上課，有沒有最高指標？」

「最高指標？你的意思是……」

我花錢請老師教孩子打網球，這行爲跟絕大多數旅美華人送兒女去學鋼琴、小提琴或芭蕾舞，大致沒什麼分別，唯一的差別也許是：他們送孩子學藝，可能出之於補償心理作用；而我呢？恐怕還有點私心，因爲，如果給上過專業訓練的兒子打敗，即使尷尬，總有個台階好下——我是半路出家，自學的嘛！

所以，我完全聽不懂丹尼的問題，他只好解釋。

「我平常教球，大概不出兩、三個月，便可以判斷學生的潛力，他或她將來可能取得的最好成就，相當準確的……」

「送孩子來我這裡的家長有兩類，」丹尼見我還不十分理解，繼續說明：「大多數家長屬於第一類，他們的要求很簡單，基本動作要領，競賽規則和初步的戰術概念，學會這些就行了，因爲他們的最高指標不過是讓孩子掌握一種終生受用的運動健身項目，增加他們的社交技巧。」

「我應該屬於這一類吧！」

當然，我的那點私心是不便講也不必說穿的。

丹尼的臉色突然嚴肅起來。

「每三個月教程，我爲我的學生做一次評估。我必須坦白說，安德烈（老大的英文名字）起步太晚，他可以做個不錯的網球運動員，他可以享受這個運動，但是，像我一樣，不可能再往上走了。」

我開始對丹尼的誠實產生敬意了，他絕不是個只想多賺幾個錢的教練，這是可以確定的。

「劉先生，我想跟你認眞談談班杰明（老二的英文名字）的未來。」

剛開始上課，老二還不到十歲。十歲才學網球，雖然有點晚了，還不算太晚。丹尼的意思是，關鍵不是五歲開始還是十歲開始，關鍵是有沒有料。

「你認爲我們班杰明有潛力嗎？」

問這句話的時候，我覺得自己如履薄冰，因爲不論答案正負，統統難以接受。試想，如果是否定的答案，自然不太好受，兒子沒有才，便表示老爸的基因也不怎麼樣。可是，答案如果是肯定的，問題就更大更複雜了。那一年，世界還沒聽說過張德培這三個字，但我卻知道我的大學同學張曼下苦功培養她女兒 Tiffany Chin（花式溜冰）的故事。

從孩子三、四歲開始，每天早晨三、四點鐘起床送她去訓練，整天的時間都按照女兒的需要安排，全家人的生活，包括財務支配，都得配合女兒的需要，風雨無阻，忠心耿耿，至少投進去十到十五年。丹尼可沒有這種負擔，他只是單純地要我分享他找到一塊無價寶石的喜悅。

「劉先生，你可以相信我的眼光，我已經送了三個學生到波利提爾里那兒去了……。」

波利提爾里網球學校（Nick Bollettieri Tennis Academy）是全世界首屈一指的網球教練中心，阿格西、山普拉斯、庫瑞爾、莎莉絲、小威廉斯、庫尼可娃……，近年來的男女王牌選手，好像全從這所學校培養出來的。

應該是天大的喜訊才對，可我卻覺得一場可怕的颱風就要過境。

「請你坦白告訴我，丹尼，如果我們全力以赴，假定班杰明的潛力全部發揮出來，他能打到什麼樣的水平？」

「Top ten in the world（世界前十名）。我保證！」

丹尼斬釘截鐵，我臉色發青。

有兩個禮拜時間，我不敢召開家庭會議。每天晚上，我席不安枕，盤算來，盤算去。我的收入，我習慣了的生活方式，我的職業生涯規畫，我那個偷偷豢養著至今捨不得放棄的寫作志業，我的一些嗜好……。兩個禮拜煎熬完畢，我把妻兒叫到面前，宣布：

「從今天起，我們全家進入一個新的生活階段……。

從今天起，誰也不要抱怨……。

從今天起，我們只一個目標，讓班杰明……。」

我從來不相信上帝，然而，彌賽亞的光環似乎就降臨在我們的屋頂上。全世界幾十億人，我們家老二的天賦，列入前十名。

十歲零兩個月的班杰明，另有一套邏輯。

「我不要打網球，我不喜歡曬太陽，我討厭跑來跑去全身流汗，我爲什麼要每天那麼累，笨蛋才打網球，我恨死網球……。」

老實說，我有點感謝老二。

一九八九年六月四日，十七歲的張德培勇奪法國公開賽冠軍，全世界的華人都想打電話給他，要他在頒獎典禮上爲天安門死難者說幾句話。我心裡卻有個不好的預感——這也許是他最後一個大賽冠軍了。

小說橋

老二打電話來，說要 E-mail 一點東西給我瞧瞧。我平常不看 E-mail 的，有誰要找我，請寫信或打電話。這並不表示我對當前的E世代有任何歧見，人到一定年紀，不喜歡速度太快，如此而已。

記得老二從前交過一位女朋友，初次見面，我問她，喜歡什麼活動？Sky diving，她說。所謂 Sky diving，跟我們熟知的常規跳傘不同，這不是一種軍事訓練，雖然背著降落傘，從機艙跳出後，卻故意不開傘，享受的是在空中自由落體那段時間的緊張刺激。

「那麼，你喜歡速度？」

我眞的想了解她。

她眨了眨美麗的眼睛。

「嗯，比滑雪還要過癮！」

滑雪也是我不敢領教的，所有向失控邊緣挑戰的活動我都不敢領教。有一年，在妻兒威脅利誘之下，向北開車到了個渡假滑雪區。我穿上不聽使喚的雪橇，在接近平地的低度斜坡上掙扎，忽然感覺山上一陣混亂，喊聲震天，抬頭只見一具失控的人體斜飛出去，栽進滑雪道外的一道灌木叢中。那道灌木叢救了我兒子一條命，若不是被它擋住，就得到下面的懸崖深谷裡去收屍了。

老二終於沒跟愛速度的女生好到底，這在我，是有點欣慰的。

E-mail 傳來的是一篇小說，老二的創作。

這些年來，說實話，兩個兒子當中，我對老二特別牽腸掛肚。原因也很單純，可能跟他們出生時的環境有一定的關係。老大出生恰在保釣熱潮時期，家裡經常沒日沒夜，人來人往川流不息。老大是在人堆裡長大的，他是一個不需要玩具的孩子，自小便成了社會動物，因此，長大成人之後，與人交往，爲人處世，毫無困難。

老二的成長期，恰恰相反，是我主動退出政治、主動割斷社會聯繫，每天埋頭苦思的日子。

老二是個從小便習慣了在自己的封閉世界裡默默經營著獨特人生況味的孩子。

大學四年，他主修心理學，副修電腦。電腦對於他，簡直等於玩具，他看 manual（手冊，說明書）等於我們看報紙，不論什麼問題都能無師自通。大學畢業後，他加入哥哥的印刷公司，沒花多大力氣，便完成了公司的自動操作電腦系統。小公司請不起大會計師，他從ABC學起，沒多久便重新建立了整套財務會計制度。在美國辦小企業，跟一般開發中國家不同，貨源、市場、客戶關係、產品品質控制等等，不是大問題，最困難的工作是如何合法應付稅務機構，因此，一套考慮周詳又能靈活自如的會計制度，幾乎可以決定事業的成敗，這些既牽涉法律規章又得顧及公司業務與理財的複雜問題，統統難不倒老二，老二的問題，出在人際關係，他是個IQ超人EQ不及格的人。

他大學四年級時，父子之間曾經有過一段不愉快的經驗。

我們討論他畢業後的選擇，大家都認爲他最適合做個學者，將來教書也好寫書也好，都可以發揮長才，而且，雖然沒有明說，做父母的都認爲，學院人事比較單純，只要自己功夫硬，不怕得罪人。老二堅決反對，他居然有個羅曼蒂克的想法。當代心理學有一個新興的旁枝，專門研究殺人魔（Serial Killer）的心理與行爲，他就想幹這行。

這一行，全世界最理想的出路就是加入FBI（聯邦調查局）做幹探。

他母親聽到這個想法，臉都嚇白了，我想她立刻記起了《沉默羔羊》裡的恐怖場面。我也著實有些發毛，六十年代的左翼學生，對ＦＢＩ只有一個印象——豬玀中的豬玀，我兒子怎麼要去幹這個！

可是，這個選擇，對於他，完全不是這麼回事。殺人魔都是心裡活動極端複雜（多數在幼年受過嚴重心理傷害）而智商特別高的怪人。跟這種人鬥法，不僅要求尖端專業知識，而且必須智勇兼備，稍有差池就可能造成受害者無辜犧牲，自己也可能賠上性命。同時，他又指出，你們不是從小便灌輸我爲社會做些有意義的事嗎？這種工作不正是救人事業，不正是伸張社會正義？

道理很對呀，平常教訓孩子不都是這一類大話，怎麼孩子眞要身體力行，自己卻萎縮了？

幸好，經濟不景氣救了我們。聯邦政府精簡人事，ＦＢＩ不招新人。老二只得去老大的公司打工。前面說過，他的問題出在ＥＱ，沒兩年就跟人鬧翻了，憤而辭職。

「九一一」給了他另一次打擊，他跟朋友新開不久的公司，由於訂單斷絕，不得不關門。

其實，仔細想，老二的問題也不是ＥＱ。不久前寫過的文章〈望子不成龍〉裡提到過，老二自小便是個 loner。這種人，經常有兩面，一面是不近人情，孤傲不群；另一面，他可能不屑於隨世故之波逐人情之流，他內心有個更高的標準。這種人只有一條路好走——搞創作，唯一的問題是，有沒有才？

那天，父子兩人難得一塊吃個中飯，我決定試探一下。

「如果我是你現在這個年紀，我會留出兩年時間，給自己一個機會……。」

一面說，一面心裡抖抖的。

我怕我可能冒犯他，我也怕萬一他眞聽我的話，兩年之後，精疲力盡，一事無成，變成一個大災難。我更怕他眞的寫出點名堂，從此必須走一輩子的寂寞辛苦路。

不料他的反應，出奇輕鬆。

「我以爲你們亞洲第一代移民，總是把希望寄託在下一代身上，而這種希望，不過是所謂的美國夢：車子、房子、穩定收入、幸福家庭……。」

「也有人，像我，不一定那麼小心謹愼，按部就班的……。」

「我最近寫了些東西，你有興趣看看嗎？」

從此，父子之間，通過小說，主要是他的小說我的經驗，構築了一道橋樑。

他走的路子，跟我很不一樣，思維邏輯細密、調子很冷。跟我看到的台灣當代小說也不同類，也就是說，雖然同屬E世代，風格迥異時，無異冰炭。

我覺得他的傳承，終究與我熟知的世界完全不同。我看到馬克吐溫，我看到喬哀思，我看到雷蒙卡佛，然而，這些鬼魂，吸附在台灣近幾十年來的小說上，感覺與他的小說所反映的，根本兩碼事。

他是實實在在眞正屬於西方這個傳統的，我們的模仿和抄襲，不過是一場知識的附會、情感的轉移、幻覺的寄生罷了。

小說橋溝通的，其實不是父子兩代，它幫助了我，把我渡過對岸，讓我第一次有機會直接進入西方的文學心靈，徹底解除了翻譯的誤導，打破了多年全不自覺的異文化壁壘。

白紙聖誕節

又到了寫聖誕卡的季節了。這個季節，對我們這些既不信基督教又不得不入鄉隨俗的人而言，不免有些尷尬。有一年，好像就是波斯灣戰爭剛結束的那一年，美國人興高采烈，家家戶戶張燈結綵，草地上布置了馬廄裡的耶穌誕生圖，常青樹纏滿花花綠綠的燈泡，屋簷、窗櫺掛上一串串象徵冰溜子的銀色燈飾。我算了算，整條街就三家人門口冷冷清清，其中兩家猶太人，還有就是敝宅。

那一年，收到老友秀陶從加州寄來的聖誕卡，上面只有一句話：

「生命裡只剩下三個字——他媽的。」

年紀越大，一年一卡的朋友越多。

我的「入鄉隨俗」便成了這個樣子。

然而，清楚記得，年輕的我是絕不寫聖誕卡的。不但不寫聖誕卡，連別人認眞過聖誕節都覺得憤憤然。大二時候，有個同學，跟著家裡人皈依天主，那年邀我去望子夜彌撒，我看他白衣白袍誠惶誠恐地扮演著「道童」的角色，頗不以爲然，簡直鄙夷到得出「宗教是無產階級的鴉片」那樣極端的結論。跟他吵過幾次，似乎受到些衝擊，他終於決定給當時在南港當中央研究院院長的胡適寫了封「請問人生意義何在」的長信。

大哲學家居然回了信，上面只有一句話：「某某同學：努力讀好書，人生自有意義。」

從那以後，我再也沒被邀請去望子夜彌撒，我的帶有宗教色彩的聖誕經驗，也只有那一次。

聖誕節對我們而言，究竟是個什麼性質的節日，看來不容易說明白。

試從前述的兩個例子演繹一下。

秀陶的聖誕卡，讓我覺得這是個純粹商業化了的節日。所以得到這個印象，有個原因。

秀陶雖然學商，但在處理生活方面，跟他的本業完全一致，他是百分之百的詩人，品味講究，一絲不苟。然而，他那張充滿現代詩弔詭的聖誕卡，我發現，居然是 Hallmark 產品。

Hallmark這個品牌，今天無論你在地球上任何一個角落，不可能不知道。這個號稱以「豐富人們的生活並增進人際關係」爲宗旨的跨國大公司，漂亮的口號是：「因爲情眞意切，必須寄出最好的。」

所謂「最好的」，從前大概只限於賀卡（情人節、聖誕節、母親節、生日……所有你能想像的節日），一九五三年以後，又擴張到其他部門，包括禮品、電視連續劇、專爲電視製作的電影等。總之，我看到的資料告訴我，一九九九年統計，Hallmark在賀卡市場上的占有額爲百分之五十五，公司全年收益四十二億美元。

秀陶從一九七五年最後一部直升機逃出西貢流亡美國，到他寄聖誕卡那一年，已經在美國生活了十六、七年，他這個事事講究品味的詩人，居然會去買張Hallmark卡，讓我十分吃驚。所有Hallmark賀卡都雇用專家設計，他們的設計，我可以很不留情地批評，無論設色、造型和文字，可能是最俗媚不堪的虛情假意。

我要說的不是秀陶，而想藉此指出，所有美國的節日，都已被商人操縱擺布，成爲促銷工具。每一年，從感恩節到聖誕節這一個多月，全美國的商家使出渾身解數、卯足全力、赤膊上陣，這三十幾天的營業額，通常占一年總營業額的三分之一以上。

然而，前面談到的另一個故事，彷彿又讓人覺得，聖誕節前後，尤其對年輕人而言，應該是個沉思默想的假期。

我那個同學，後來有沒有聽從胡適先生的忠告，找到他的人生眞諦，我不很明白，因爲大學畢業後，彼此再無聯繫，只聽說他目前在一家美國大公司裡做個雖升不上主管但也有相當收入的技術專家，大抵是加入了有房子有車子也不乏家庭煩惱的標準白領中產階級吧。

「讀好書人生自有意義」這條原則，我卻有點懷疑。請看這兩天的一則新聞。

十二月一日晚，住在舊金山灣區馬林郡的一位律師法蘭克・林德（Frank Lindh），忽然在CNN看到一張他自五月便失去了聯絡的兒子的照片。報導說，激戰幾天的馬札伊薩里夫監獄暴動已經敉平，北聯部隊利用灌水戰，把躲在地道裡面頑抗拒不投降的最後一批神學士戰士逼出地面，其中一名被俘獲的神學士戰士居然是美國人，今年才二十歲，自稱阿布杜・哈米德（Abdul Hamid），但查明原名約翰・沃克（John Walker），就是林德律師失蹤的兒子。原來約翰從母姓，母親瑪麗蓮・沃克（Marilyn Walker），是一位專業攝影師。

據報導，知道消息後，家裡已經收到好幾通恐嚇電話，母親因此拒見新聞界。做父親的究竟是律師出身，知道兒子犯了眾怒，處境危急，必須趕緊援救。他呼籲大家原諒約翰，「他事情沒想清楚。」做爸爸的說。

看樣子，約翰大概是個糊里糊塗的孩子了，事實不然。法蘭克說，這孩子從小就與常人不同，別的孩子忙著玩足球、醉心跑車，他卻把自己關在房間裡苦讀，不到十六歲，約翰已經熟讀世界宗教史，研究過佛教、美國原住民宗教和印度教。最後抓住他的是回教。一九九七年，約翰說服了父母親把他送去葉門一間宗教學院留學。一九九九年二月，約翰回國探親，告訴家人，他計畫念完回教教義後回美國讀醫學院，準備將來到巴基斯坦定居，一面靈修，一面執醫生業，治病救窮人。

聽起來，這個計畫有點像志願前往「黑暗之心」非洲內陸獻身的史懷哲，跟中國共產黨尊為聖人的白求恩大夫（加拿大人）一樣，都可以說是白人知識分子當中理想主義最高道德標準最純的人。然而，追求這條道路的約翰，怎麼突然變成了以殺盡美國人為人生最終目標的恐怖分子呢？這其中的曲折變化，現在消息不詳，我們無從知道。面對即將來臨的叛國罪（最高量刑可判死刑）審判，相信在律師控制下，約翰也不太可能說出自己眞正的心路歷程。但有一點我們似可確定：「讀好書」並不一定開出「人生自有意義」，這你只要問一問目前心裡一團亂麻的法蘭克和瑪麗蓮就知道了。今年的聖誕佳節，對這兩位現已離婚但都無條件深愛著兒子的父母，可能別有況味。

雖然是西方基督教文明最大的一個象徵，隨著聖誕節風俗化的全球傳播，它原始的宗教意味已日漸淡薄，成為一張不帶任何意義的白紙。有人在這張白紙上努力畫出最美麗的夢境，有人利用它賺錢，但大多數人只把它當作一個年終休息親友團聚的機會。

至於「人生意義」，我建議不妨用符號邏輯學的辦法處理：這四個字的指涉不明，因此毫無意義。

哀莫大於戒菸

抽菸對我從來不是一個問題，直到有人用戒菸誘惑我。

不錯，十幾年前，聯合國負責給我們每年檢查身體的烏克蘭醫生第一次對我說：「你應該戒菸了，否則它將從你生命中拿走幾年……。」十幾年前，「少活幾年」這個說法，沒什麼威脅性。誰在乎自己活多久？誰又能判斷，死的時候是不是眞的少活了幾年？這所謂的「幾年」，不是一筆能算的帳。除非我死於肺癌，除非你們百分之百證明，肺癌的成因，百分之百來自抽菸。然而，醫學報告或根據醫學報告撰寫發揮的宣傳文字或報導，絕大多數不說百分之百，它們全用統計數字，有時只用「或然率」，人可以根據「統計數字」、「或然率」決定自己的生活方式嗎？

我於是問烏克蘭醫生：「我的肺怎麼樣？」他說：「現在看不出什麼問題。」我再問：「心臟呢？」他答：「跟二、三十歲的小夥子一樣！」我於是告訴他：「我不戒菸。」他聳聳肩膀：「那是你的身體，你的生命。」本來嘛！的確是我的身體，我的生命，我不作主誰作主？

第一次打敗了戒菸的誘惑。

再碰到戒菸這個課題，是好幾年以後的事了，又是醫生。

這一次，是我們的家庭醫生。所謂家庭醫生，美國生活過的人都知道，是介乎一流大夫與住院實習大夫之間的一種人，醫術往往沒有特長，但臨床經驗則比實習醫生強些。家庭醫生雖然不一定高明，但不能沒有，因爲他們都與大醫院和專科醫生掛鉤，沒有他們的推薦介紹，重大病情的轉診都成問題。有些保險公司甚至規定必須有轉診介紹才付帳。此外，總不能傷風感冒都去醫院掛急診，因此，家庭醫生是人人必備的，然而，醫生的好壞，就看造化了。

我不幸碰到一位小事緊張大事糊塗的家庭醫生。

一向都以找不到適合的家庭醫生爲苦，有一天，有位同事介紹，說他家附近新搬來一位女醫生，上海來的，在美國拿的學位，人既和氣，服務又周到熱心。遂大喜過望，自投羅網。

第一次就診，經驗便不很好，她把我從頭到腳自裡而外仔細翻檢個透徹，然後，驗尿驗糞驗血X光之外，又下了七、八道命令，等了一個月，所有實驗報告到齊後，她對我說：「你什麼毛病都沒有，就是抽菸這個壞習慣，一定要戒掉！」我說：「我不戒菸！」「你這是慢性自殺！」她威脅。我不為所動，遂不歡而散。

又過了一個月，就在我住的那個村子裡，有一天，開車碰到紅燈，後面忽然跑過來一個女人，氣急敗壞的樣子，我以為我剛才超她的車把她惹火了，趕快搖下車窗準備陪不是，一看，原來是我的家庭醫生。「你一定要戒菸噢，你一定要戒菸噢⋯⋯。」這個紅燈眞夠長的。

第三次勉強求診，是因為我睡覺打鼾的毛病。打鼾本不是病，但老婆威脅：「你再不改這毛病，我要搬房間睡了。」

剛聽完我的「病」情報告，女大夫當機立斷，先在我脖子後面用酒精棉抹了一下，毫無警告，便下手啪地打了一針。

「以後一個月，你抽菸都是苦的，這是新澤西一位醫生最近發明的辦法，很有效的⋯⋯。」她說，神色自若，完全是行俠仗義者的滿足表情。

以後一個月，我的確只抽了一根菸，那根菸，抽起來像吃黃連。一個月以後，香菸味道回來了，我也換了家庭醫生。

在我看來，戒菸不戒菸，實在不是個生死交關的健康問題。你如果讀過毛澤東的《矛盾論》和《實踐論》，你便當知道，世間萬事萬物，一切都是外因通過內因起變化。把這個原理運用到香菸問題上，我便覺得：第一，香菸也許有害，但它是外因。內因是什麼呢？內因就是我的DNA。我父親一輩子沒抽過一支菸，結果活了七十六歲，死於心肌梗塞，這顯然與他的飲食習慣和生活方式有關。我叔父從十五、六歲開始抽菸，一直抽到九十歲，無疾而終。香菸的毒，通過我的DNA，起不了變化。這是鐵定的。

然而，近十幾年來，抽菸顯然已經不是一個單純的個人小小自瀆的問題。有一天，忽然發現辦公室走廊上經常張貼通知與布告的地方，有人寫了幾個怵目驚心的大字：

「你想讓我致癌嗎？你想殺死我嗎？」

下面沒有署名。

我是不是要繼續做殺人犯呢？

我有個朋友，在香港做了二十幾年的肺癌研究。由於香港與大陸的地緣關係，他近水樓台有幸搜集了大量有關大陸各地抽菸與肺癌問題的資料和數據。根據他多年研究的結論，認爲二手菸與肺癌之間根本毫無關係。美國一個由基金會資助的癌症研究機構年前特別敦聘他去做研究（該機構設於曼哈頓四十二街福特基金會大樓上），然而，由於種種壓力，他的研究論文不敢發表。

抽菸現在不僅是個社會問題，事實上已經演變爲文化問題。我說的當然是美國，不過，這個趨勢正快速蔓延，跟美式民主與好萊塢電影同步進軍。

在美國，一個喜歡抽香菸的人，如今已被塑造成一種形象。他（和她）必然是品味低劣，意志力薄弱，生活沒有紀律，道德有缺陷，ＩＱ有問題，心理不平衡。他的社會地位一落千丈，從亨弗萊鮑加式的大英雄，法蘭克辛納屈式的風流人物，一變而成爲宵小鼠輩。零下十度的冰天雪地裡，他只能瑟瑟縮縮躲在辦公大樓門外的人行道邊上偷偷吸上幾口菸過癮。他的自尊心，如今跟一度如日中天後來沉迷於古柯鹼而不可自拔的外野手打擊王史卓貝瑞不相上下。

那麼，要不要戒菸呢？

眼看著週遭的抽菸朋友們一個接一個苦苦掙扎柔腸寸斷地戒了菸。

眼看他們一個個也不見得就因此更健康更快樂。我橫了心。

不戒！

除非——

對，還有幾個除非。

除非你能證明，如果我戒菸，以色列人和巴勒斯坦人從此不再互殺。

除非你能證明，如果我戒菸，世界上的財富，一夜之間，魔術一樣，重新分配。

除非，對了，還有一個。

除非，（耳邊響起了一首古老的台語歌曲）心所愛的人，溫柔而堅定，這麼說：不再愛你了，除非你戒菸。

文・學・叢・書

劃撥帳號：19000691　成陽出版股份有限公司　掛號另加20元
本書目所列定價如與版權頁有異，以各書版權頁定價為準

1.	吹薩克斯風的革命者	楊　照著	260元
2.	魔術時刻	蘇偉貞著	220元
3.	尋找上海	王安憶著	220元
4.	蟬	林懷民著	220元
5.	鳥人一族	張國立著	200元
6.	蘑菇七種	張　煒著	240元
7.	鞍與筆的影子	張承志著	280元
8.	悠悠家園	韓・黃皙暎著／陳寧寧譯	450元
9.	想我眷村的兄弟們	朱天心著	220元
10.	古都	朱天心著	240元
11.	藤纏樹	藍博洲著	460元
12.	龔鵬程四十自述	龔鵬程著	300元
13.	魚和牠的自行車	陳丹燕著	220元
14.	椿哥	平　路著	150元
15.	何日君再來	平　路著	240元
16.	唐諾推理小說導讀選I	唐　諾著	240元
17.	唐諾推理小說導讀選II	唐　諾著	260元
18.	我的N種生活	葛紅兵著	240元
19.	普世戀歌	宋澤萊著	260元
20.	紐約眼	劉大任著	260元
21.	小說家的13堂課	王安憶著	280元
22.	憂鬱的田園	曹文軒著	200元

楊　照 作品集

1.	為了詩	楊　照著	200元

成英姝 作品集

1.	恐怖偶像劇	成英姝著	220元
2.	魔術奇花	成英姝著	240元

紐約眼

作　者	劉大任
發行人	張書銘
社　長	初安民
責任編輯	高慧瑩
美術編輯	張薰方
校　對	辜輝龍　高慧瑩　劉大任
出　版	**INK**印刻出版有限公司
	台北縣中和市中正路800號13樓之3
	電話：02-22281626
	傳真：02-22281598
	e-mail：ink.book@msa.hinet.net
法律顧問	現代法律事務所
	郭惠吉律師　林春金律師
總經銷	成陽出版股份有限公司
	訂購電話：02-26688242
	訂購傳真：02-26688743
郵政劃撥	19000691　成陽出版股份有限公司
印　刷	海王印刷事業股份有限公司
出版日期	2002年10月　初版一刷
	2002年10月　初版二刷
定　價	260元

ISBN 986-7810-09-0

國家圖書館出版品預行編目資料

紐約眼／劉大任著. --初版，--臺北縣中和市
：INK印刻，2002〔民91〕
面；　公分--（文學叢書：20）

ISBN 986-7810-09-0(平裝)

855　　91016821

INK

INK INK INK INK INK INK INK
K INK INK INK INK INK INK IN
INK INK INK INK INK INK INK
K INK INK INK INK INK INK IN
INK INK INK INK INK INK INK
K INK INK INK INK INK INK IN
INK INK INK INK INK INK INK
K INK INK INK INK INK INK IN
INK INK INK INK INK INK INK
K INK INK INK INK INK INK IN
INK INK INK INK INK INK INK
K INK INK INK INK INK INK IN
INK INK INK INK INK INK INK
K INK INK INK INK INK INK IN
INK INK INK INK INK INK INK
K INK INK INK INK INK INK IN
INK INK INK INK INK INK INK
K INK INK INK INK INK INK IN
INK INK INK INK INK INK INK
K INK INK INK INK INK INK IN
INK INK INK INK INK INK INK
K INK INK INK INK INK INK IN
INK INK INK INK INK INK INK
K INK INK INK INK INK INK IN
INK INK INK INK INK INK INK
K INK INK INK INK INK INK IN